KB082239

감사히 잘 읽겠습니다

감사히 잘 읽겠습니다

발행 | 2021년 6월 25일
지은이 | 김재선
디자인 | 카페엘코브

펴낸이 | 한건희
펴낸곳 | 주식회사 부크크
등록 | 2014.07.15 (제2014-16호)
주소 | 서울특별시 금천구 가산디지털1로 119 SK트윈타워 A동 305호
전화 | 1670-8316
이메일 | info@bookk.co.kr
홈페이지 | www.bookk.co.kr
ISBN | 979-11-372-4872-4

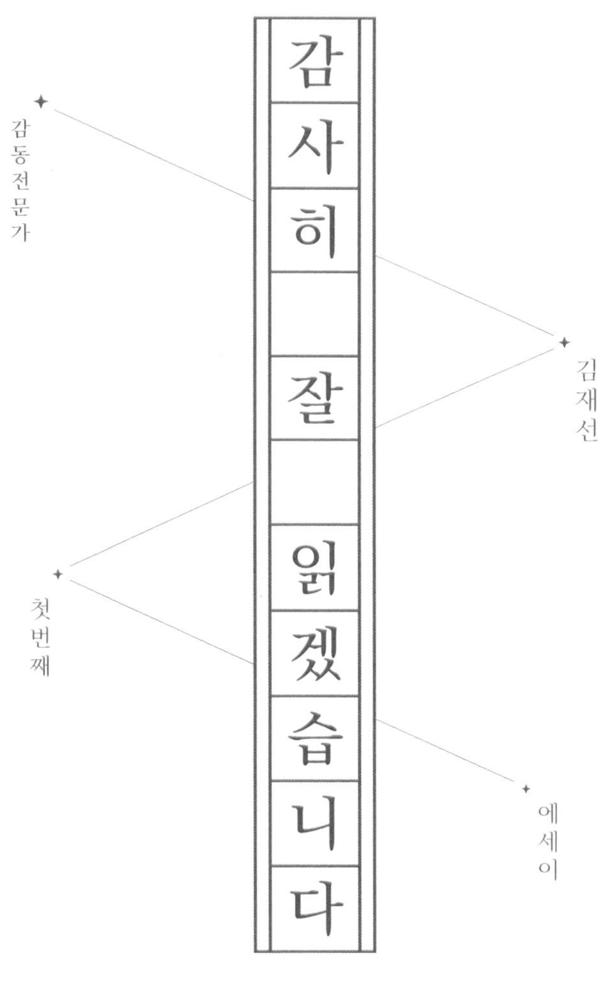

×

신 규 교 사 의

무 작 정 책 쓰 기

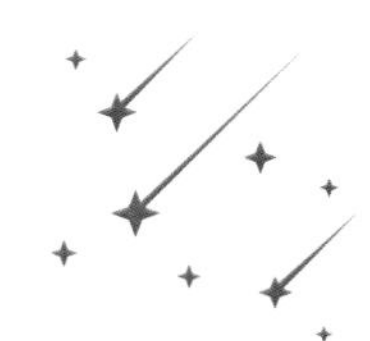

선생님, 오늘은 무슨 날이에요?

목차

목차

선생님, 오늘은 무슨 날이에요?

부록. 만년 신규 교사의 무작정 책쓰기

추천사

2019년 가을, 대구교육청 독서인문교육지원단 초등책쓰기팀에서 김재선 선생님을 만났습니다. 선생님은 아이들과 엮은 책 한 아름을 안고 왔습니다. 그때 우리는 책 쓰기 지도교사였고 각자 자신의 책 만들기 사례를 공유하면서 서로에게 배우는 시간이었습니다.

황진숙 선생님과 함께 만든 나의 책 《시와 그림책 수업》을 밑줄 그으며 읽었다고 감사의 인사를 전하는 선생님은 선배 선생님의 이야기를 귀 기울여 들으며 반짝반짝 감동해주는 그냥 예쁜 선생님이었습니다. 그의 책 만들기 사례를 듣기 전까지는요. 김재선 선생님의 책 만들기 이야기가 시작되었습니다. 이 책 부록의 내용인 '신규 교사의 무작정 책 쓰기'에 등장하는 책들을 보여주며 어떻게 책을 만들게 되었는지 과정을 알려주었습니다. 고군분투 진심으로 만든 책 이야기를 듣고 돌아오는 내내 선생님이 만든 책들이 떠올랐습니다. '초등학생이 책을 만든다고? 뭐 얼마나 잘할 수 있겠어? 그냥 책 비슷하게 만들겠지.'라고 생각하면 큰일 날 책들이었습니다. 지금 당장 시내 큰 서점 중요 자리에 놓여있어도 좋을 근사한 책이었습니다.

그저 자신의 삶을 글로 쓰고 싶다는 아이들에게 글 쓸 기회를 주고 아이들의 생각을 모아 밤새워 근사한 책으로 만들어 주는 선생님! 김재선 선생님은 아이들과 만든 책을 자랑스러워하며 보여주었습니다. 그의 눈빛은 진지했고 사례는 한 편의 동화였습니다. 대한민국 공교육의 현장에 이런 선생님이 있다는 사실이 같은 교사로 자랑스러웠습니다. 그렇게 나는 김재선 선생님과 사랑에 빠져버렸습니다.

2020년 선생님의 책 쓰기 지도사례는 대구의 초등 선생님들을 대상으로 한 온라인 연수에서 소개되었고 예상처럼 많은 선생님들이 '괜찮은 선생으로 살아봐야지.' 다짐하는 계기가 되었습니다.

피터 레이놀즈《점》의 주인공 베티의 미술 선생님처럼 김재선 선생님은 고민 끝에 점 하나 찍은 아이에게 다가가 "이제 네 이름을 쓰렴" 하고 말해주는 다정한 선생님입니다. 금빛 액자에 아이들의 글을 넣어 걸어주고 흐뭇해하는 선생님입니다.《까마귀 소년》의 이소베 선생님처럼 그 아이가 가장 잘하는 까마귀 울음소리를 낼 수 있도록 무대를 마련하고 발표할 수 있게 해 주는 선생님입니다.

나는 그의 이야기가 묻히는 게 안타까웠습니다. 선생님의 이야기를 알리고 싶다고 하자 그는 머뭇거렸습니다. 자신이 얼마나 반짝이는 존재인지 모르고 있었습니다. 그는 학교에서 만나는 많은 '베티'의 미술 선생님이었지만 그에게 미술 선생님은 없었나 봅니다. 나는 '베티 김재선'의 미술 선생님이 되기로 마음먹었습니다. 그리고 2021년 새해가 밝았습니다.

선생님의 교실 이야기는 생생한 교단일기로 태어났고 그 이야기는 이제 책이 되어 다시 태어납니다. 얼마나 감동적인 이야기들로 가득한지 말하지 않으렵니다. 책장을 한 번만 넘겨보면, 잠시만 글 속에 마음을 보내면 금방 보입니다. 얼마나 아이들을 사랑하는지, 얼마나 열정적인지, 수업 아이디어가 얼마나 창의적인지를요.

대한민국에서 '교육'을 고민하는 분이라면 꼭 읽으면 좋겠습니다. 선생님도 학부모도 말이에요. 그리고 함께 희망을 이야기하면 좋겠습니다.

글의 완성보다 아이의 완성을 꿈꾸는 선생님! 그림책의 이야기가 다시 태어나 살아 숨 쉬는 교실에서 '선생님, 방금 우리가 쓴 글도 책으로 만들어주세요.'라고 말하는 아이들과 책보다 아이가 먼저인 선생님이 함께 빚어내는 수업은 하루하루가 예술입니다.

아이들의 눈빛 하나에, 말 한마디에 감동하는 감동전문가 김재선의 이야기를 들으며 이제 우리가 감동할 차례입니다.

아! 책장을 천천히 넘기며 이 책을 읽어야겠습니다.

베티 김재선의 이소베 선생님 최순나

Prologue

첫 신규 장학 날이었습니다.
'화이팅! 잘 할 수 있어. 연습 한 대로, 그대로만 하면 돼.'
떨리는 마음을 겨우 진정시켰습니다.

"오늘은 무엇을 공부할까요?"
"이야기를 읽고 경험을 떠올려보아요."
"잘했어요. 그럼 공책에 학습 문제를 써 볼까요?"
성공적이었습니다. 자신 있게 칠판에 학습 문제를 쓰던 그때였습니다.
"어? 이거 어제도 했잖아?"
한 아이가 큰 소리로 말합니다. 그 순간 귀까지 얼굴이 빨개지고 말았습니다.
'똑같은 거라니, 비슷한 것을 했을 뿐인데.'
저의 흙투성이 발을 모두에게 공개한 것 같아 너무나 부끄럽습니다.
그 아이가 얼마나 밉던지 남은 수업을 망쳐버렸습니다.

수업을 잘하는 유능한 교사가 되고 싶었습니다.
학급경영을 기막히게 하는 완벽한 교사가 되고 싶었습니다.
기회가 될 때마다 다른 선생님의 수업을 보러 다녔습니다.

'3학년이 이렇게 발표할 수 있다고? 나도 저렇게 수업을 해야겠다.'
보고 온대로 그렇게 수업을 해봅니다. 대실패였습니다.
'그 학교 아이들이 참 특별했구나. 그 선생님께서 정말 수업을 잘하시는 거였어.'
아이들에게 실망스러움을 감출 수가 없습니다.
우리 반에는 예쁜 꽃이 없음을 탓했습니다.
예쁜 꽃밭을 만들지 못하는 저의 능력을 탓했습니다.

그림책 《오소리네 집 꽃밭》의 오소리 아줌마는 어느 날 갑자기 회오리바람에 날려가게 됩니다. 울타리 너머 학교 안에는 눈을 뗄 수 없을 만큼 예쁜 꽃밭이 있었습니다. 봉숭아, 채송화, 접시꽃, 나리꽃, 이름조차 모르는 꽃들이 여기저기 피어있습니다.
"나도 집에 가서 예쁜 꽃밭을 만들어야지."
집으로 돌아온 오소리 아줌마는 오소리 아저씨와 열심히 괭이질을 했습니다. 영차영차.
"아니, 그건 패랭이꽃이잖아요. 쪼지 마세요."
"에구머니, 그건 잔디꽃이잖아요. 쪼지 마세요."
"안 돼요, 그건 용담꽃이에요. 쪼지 마세요."
그때 오소리 아저씨가 말했습니다.
"여기도 꽃이고 저기도 다 꽃인데 도대체 어디에 괭이질을 하란 말이요?"

그랬습니다. 이 아이도 꽃이고, 저 아이도 꽃이었습니다.
생각을 바꾸고 꽃을 바라보았습니다. 저에게도 예쁜 꽃밭이 생겼습니다.

저의 수업이 꽃밭이 된 것은 뛰어난 아이들도, 뛰어난 수업 방법도 아니었습니다.
꽃을 바라보는 저의 마음이었습니다.
이미 활짝 피어난 꽃을 감상하면 되는 것이었습니다.

봉숭아, 채송화, 접시꽃, 나리꽃, 패랭이꽃, 잔디꽃, 용담꽃...
모두 다 다른 매력을 가진 꽃들이 교실에 앉아있습니다.
이렇게 예쁜 꽃밭에 더 이상 괭이질을 하지 않으려 합니다.
꽃들의 아름다움을 감상하기로 합니다.
그리고 그 아름다움에 진심으로 감동합니다.

6년 차 교사,
수업을 잘하는 유능한 교사가 되지 못했습니다.
학급경영을 기막히게 하는 완벽한 담임선생님도 되지 못했습니다.

그저
아이들을 있는 그대로
잘 보아주는
잘 들어주는
매 순간 감동해주는

저는 감동전문가가 되었습니다.

2021년 6월 김재선

『오소리네 집 꽃밭』, 글 권정생, 그림 정승각

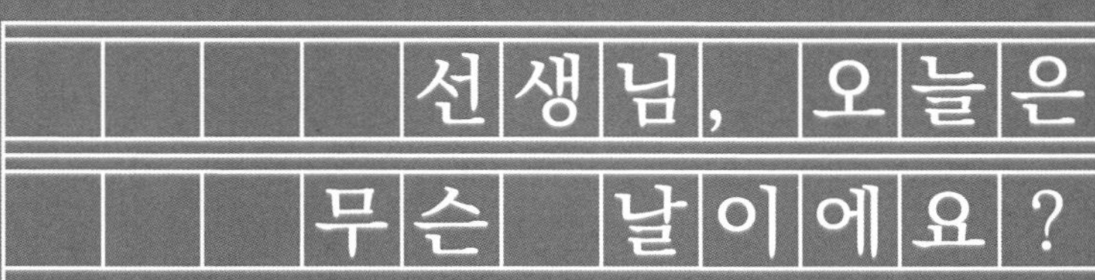

매일 아침 교실을 들어서며 아이들이 묻습니다.

"선생님, 오늘은 무슨 날이에요?"

오늘을 그저 여느 때와 같은 몇월 며칠로 기억하지 않기를 바랍니다.

오늘은 소중한 날, 오늘은 튼튼한 날, 오늘은 고마운 날.

매일 매일 그날의 '단어'를 흠뻑 느껴보길 바랍니다.

내 삶에 소중하고 고맙고 아름다운 것들이 얼마나 많은지,

그것을 아는 것이 '진정한 배움'이기를 바랍니다.

아이들의 부모님도 오늘만큼은 그렇게 자녀를 바라봐주기를 바랐습니다.

그리고 학교생활에 대해서 많은 이야기를 나누길 바랐습니다.

그렇게 매일 학부모님께 우리의 이야기가 담긴 편지를 보냈습니다.

처음 만난 날

두근두근 설레는 마음으로 꽃을 샀습니다. 알록달록 여러 가지 색을 가진 봄꽃, 줄리앙의 꽃말은 '행운의 열쇠'라고 합니다. 3학년 2반 아이들과의 만남이 새로운 학교에서 행운을 가져다주는 열쇠라고 생각하며 아이들 자리마다 꽃을 두었습니다. 거리 두기로 인해 삭막해진 교실이 조금은 따뜻해진 것 같았습니다.

3월 달 자리는 내 꽃과의 만남으로 정해졌습니다. 가장 마음에 드는 꽃이 놓인 자리에 앉기로 했습니다. 꼭 키가 작은 친구들이 맨 앞에 앉을 필요는 없습니다. 제가 좀 더 아이들 가까이 가면 됩니다. 키가 작은 친구들은 때론 뒤에 앉는 기분이, 키가 큰 친구들은 앞에 앉는 기분이 궁금했을 것입니다. 그렇게 각자가 원하는 자리에 앉습니다.

1교시, 시업식.

아이들과 짧은 인사도 잠시 전입 교사 인사를 하러 방송실로 갔습니다. 신성초의 모든 친구들에게 이 학교에 이런 선생님이 있다고 알려주었습니다. 계단을 올라오는데 2반 친구들의 목소리가 들렸습니다.

"우리 선생님 이제 안 나오는 거야?"

그 잠깐 사이에 '우리' 선생님이 된 것이 설레고 좋았습니다. '우리'

〈처음 만난 날〉 오디오북 듣기 →

반 아이들은 놀라울 정도로 바른 자세로 시업식에 참여했습니다. 이렇게 책임감이 강한 3학년 친구들은 처음 봅니다.

2교시, 물건 정리하기.

집에서 가지고 온 물건들을 어떻게 정리할지 토의하고 각자 자신의 물건을 책상과 사물함에 넣습니다. 이제 정말 2학년에서 3학년으로 이사 온 기분입니다. 2학년부터 썼던 가림막에 새로운 이름표를 붙였습니다. 그런데 가림막을 한 채로 수업을 하기가 너무나 불편해 보였습니다. 불투명해 앞이 잘 보이지도 않고 자꾸 보면 눈이 아른거리는 느낌까지 받습니다. 한 아이가 가림막의 용도는 침이 튀는 것을 막는 것이라고 합니다. 수업 중 우리는 마스크를 벗지 않으니 침이 튈 확률은 매우 적지 않냐며 이야기를 합니다. 가림막은 급식 시간에만 사용하기로 했습니다. 그 대신 서로를 위해, 수업 중에는 무슨 일이 있어도 마스크를 벗지 않기로 하고요.

3교시, 그림책을 읽다.

그림책 《누렁이랑 야옹이》을 함께 읽었습니다. 각자가 누렁이랑 야옹이에 자신을 이입해 그림책을 읽습니다. 누렁이랑 야옹이처럼 자신이 좋아하는 자리는 어디인지 찾아보기로 합니다. 우리는 줄을 서서 학교 투어를 하기로 했습니다. 다른 반에게 방해가 되지 않도록 복도에서는 소곤소곤, 살금살금 걸었습니다. 배려하는 마음을 배우는 것이지요. 또 질서를 배웠습니다. 그렇게 투어의 끝은 운동장이었습니다. 그동안 학교에도 나오지 못하고 실내에서는 늘 최대한 말을 아껴야 했던 아이들에게 자유를 느끼게 해주고 싶었습니다. 소리를 질러도 좋고, 뛰어

《누렁이랑 야옹이》, 피터 매카티, 담푸스

도 좋다고 했습니다. 마스크 쓰기와 거리 두기는 꼭 지키기로 하구요. 마음껏 뛰며 웃는 아이들을 보니 안쓰러운 마음과 함께 저도 모르게 행복해지는 것 같습니다. 학교는 이렇게 아이들의 웃음소리가 가득해야 하는데 말이지요. 우리는 교실로 들어와 약속했습니다. 방역을 위한 약속을 잘 지키면서 자주 운동장을 나가기로. 아이들에게 될 수 있으면 자주 하늘을 보게 해주고 싶습니다.

4교시, 생각하다.

교실로 돌아와 생각해 봅니다.

내가 집에서 가장 좋아하는 자리는 어디일까?
내가 학교에서 가장 좋아하는 자리는 어디일까?
나는 무엇을 할 때 가장 행복할까?

딱 두 가지면 충분히 행복하다는 아이도 있고, 행복한 일이 20가지나 되는 아이도 있습니다. 교실 안 자기 자리가 가장 좋다는 아이도 있고, 운동장에서 뛰어노는 것이 좋다는 아이도 있습니다. 내 방 책상에서 레고 할 때가 제일 좋다는 아이도 있고, 거실에서 가족들과 얘기하는 것이 제일 좋다는 아이도 있습니다. 25색의 다른 행복들이 보입니다.

"선생님, 안녕히 계세요. 사랑합니다."

오늘 하루 아이들 한명 한명과 마음을 나눈 것 같아 행복합니다. 단 시간에 마음을 열어준 아이들이 참 고맙습니다.

내일이 기다려지네요. 오늘 하루 열심히 학교생활을 하고 돌아온 대견한 아이들에게 마구 칭찬해주세요!

〈부모님께 드리는 편지〉

부모님, 안녕하십니까?

저는 3학년 2반을 맡게 된 담임교사 김재선입니다.

오늘은 부모님들께 《누렁이랑 야옹이》라는 그림책을 소개하고자 합니다. 한 집에서 살고 있는 누렁이랑 야옹이는 각자 좋아하는 자리에서 하루를 시작합니다. 친구들과 어울려 다니기를 좋아하는 누렁이는 바닷가로 나가 검둥이를 만나고, 조용히 혼자만의 시간을 보내는 것을 좋아하는 야옹이는 휴지를 뜯으며 놀기도 하고 뒹굴뒹굴 바닥에 누워 시간을 보내기도 하죠.

부모님은 자신이 누렁이 같다고 생각하시나요? 고양이 같다고 생각하시나요? 저는 누렁이 같은 고양이인 것 같습니다. 사람들을 만나 이런저런 이야기를 나누는 시간을 좋아하기도 하지만 사실은 집에서 혼자 조용히 책을 읽는 시간을 더 좋아합니다. 우리 반 친구들은 어떤가요? 누렁이와 비슷한가요? 야옹이랑 비슷한가요? 누렁이처럼 친구들이랑 어울려 다니며 놀기를 좋아하는 친구들도 있고, 야옹이처럼 자리에 앉아 무언가를 만들면서 성취감을 느끼는 친구들도 있을 것입니다. 아니면 저처럼 누렁이와 같은 면과 야옹이와 같은 면을 모두 가진 친구들도 있겠지요.

누렁이 부모님은 야옹이를, 야옹이 부모님은 누렁이를 부러워하진 않으셨나요? 누렁이도 야옹이도 모두 다 부러움의 대상이 되는 것이지요. 오늘 가정에 보내드린 기초조사서에 자녀의 단점을 적는 칸을 지웠습니다. 자녀의 부족한 부분을 찾아 걱정하는 대신 자녀가 가진 모습 그대로를 인정해주고 격려해주세요. 그리고 오늘 하루 아이들과 《누렁이랑 야옹이》를 보시면서 많은 대화를 나누셨으면 합니다.

"네가 제일 좋아하는 자리는 어디니?"

"너는 무엇을 할 때 가장 행복하니?"

"엄마(아빠)는 ~할 때 가장 행복해."

그리고 서로를 이해하는 따뜻한 시간이 되었으면 합니다.

3학년 2반 교실은 누렁이들과 야옹이들이 모여 각자 좋아하는 자리에서 가장 자기다운 모습으로 때로는 같이, 때로는 각자의 시간을 보낼 수 있는 곳이길 바랍니다. 저는 아이들 한명 한명을 존중하겠습니다. 그리고 언제든 기다려주고 믿어주는 선생님이 되겠습니다.

2021년 3월 2일

담임 김재선 드림

오늘은 고마운 날

오늘 아침은 '고맙다'는 말로 시작해봅니다. 교실에 들어와 칠판에 적힌 '고맙다'를 보고 생각나는 것은 무엇이든 적어보기로 했습니다.

-맛있는 밥을 해주시는 엄마
-안마해주는 아빠
-졸릴 때 아주 푹신하고 부드러운 침대 위에 자는 일
-나를 이 세상에 존재하게 해주신 우리 엄마, 아빠
-우리를 재미있게 가르쳐 주시는 선생님
-내가 잃어버린 곰 인형을 찾아준 내 동생
-엄마랑 가는 외할머니댁
-다친 나를 걱정해주는 친구
-엄마 몰래 학습지 문제 알려준 우리 언니

아이들의 세상에 고마운 것들이 참 많습니다.

1교시, 우리 반 학급 규칙과 1인 1역을 정했습니다. 아이들은 우리 반이 "싸움 없는 반"이 되면 좋겠다고 했습니다. 싸움 없는 평화로운 반이 되려면 어떻게 해야 할지, 칭찬스티커는 언제 받기로 할지, 그리고 스티커를 다 모으면 무엇을 하고 싶은지 토의해보았습니다.

오늘 과학 시간에는 어제 만난 줄리앙을 좀 더 넓은 집으로 이사시켜주기로 했습니다. 운동장으로 데리고 나가 줄리앙을 옮겨 심고 자세히 관찰해봅니다. 눈으로 보고, 손으로 만지고, 코로 냄새를 맡아보고, 귀로 줄리앙이 하는 말을 들어보기도 합니다. 진지하게 관찰하는 모습이 참 예쁩니다. 자세히 보면서 자신의 꽃과 더 친해진 것 같습니다. 이제 멀리서 보아도 '내 꽃'은 알아볼 수 있습니다. 줄리앙에게 친구를 찾아주려고 우리 학교에 있는 식물과 돌을 살펴보았습니다. 열심히 이름을 적는 아이들의 마음이 예쁩니다. 학교 안에 그렇게 많은 나무가 있는지 아이들의 공책을 보고 알았습니다.

교실로 돌아와 각자의 줄리앙에게 이름을 붙여줍니다.

보토, 엘리아, 네잎클로버, 삐삐, 바다, 하프, 핑큐루, 쑥쑥이, 줄리, 행쁘, 레드, 빨강램, 하양램, 퍼플리아, 보랑이, 행복이, 큐티, 레향꿀, 율리아, 플라워, 리규, 꽃린이, 로미, 소원이.

같은 꽃을 받았어도 같은 이름은 없습니다.

"선생님, 제 것은 꽃이 별로 없어요. 다른 친구 거는 활짝 폈는데."

"여기 봉우리가 많잖아. 앞으로 필 꽃이 많다는 뜻이야. 이게 다 피면 네 꽃이 얼마나 예쁠지 무척 기대된다."

모두 다른 이름, 모두 다른 모습. 꽃에서 아이들의 모습이 보입니다.

오늘은 고마운 날.

잠시라도 마스크를 벗고 좋은 향기를 맡을 수 있게 해준 꽃. 아이들이 마음껏 나무들을 만날 수 있게 맑고 따뜻했던 하늘. "오늘도 너무 재미있었어요."라고 말해주는 우리 반 친구들이 고맙습니다.

'고맙다' 하면 무엇이 떠오르시나요? 오늘도 무사히 하루를 보낸 사랑스러운 아이들에게 "고마워"라고 표현해주세요~ ^^

오늘은 궁금한 날

오늘은 진단평가가 있었습니다. 아이들에게 평가가 아닌 진단임을 강조합니다. 2학년 한 해 동안 배운 것 중에 무엇을 알고 있고, 무엇을 잊었는지 '궁금'한 것이라 하였습니다. 아이들은 진지하지만 편안하게 문제를 풀었습니다.

4교시, 궁금하다.

'궁금하다' 하면 무엇이 떠오르는지 이야기해보았습니다.

-선생님들이 회의할 때 무슨 이야기를 하는지

-나는 소방관이 될지 경찰관이 될지

-20살엔 무엇을 좋아하고 있을지

-사람들은 회사에 가서 어떤 일을 하는지

-엄마는 진짜 우리가 먹기만 해도 배가 부른지

-오빠는 왜 학원에 다니기 싫어하는지

-사람은 왜 물을 마셔야 하는지

-나무에 어떻게 과일이 열리는지

-잠은 몇 시에 자야 하는 건지

-내가 언제 독립할지

10살 아이들의 세상엔 궁금한 것이 참 많습니다. 점심시간이 다 된 줄도 모르고 이야기를 주고받습니다.

5교시, 네 이름을 써봐

오늘 함께 읽는 그림책은 피터 레이놀즈의 《점》입니다. 베티가 흰 도화지에 점을 찍는 장면에서 아이들이 속이 시원한지 키득키득 웃습니다. 베티가 찍은 점은 무심해 보이지만 그 점 안에 베티의 수많은 고민이 담겨있습니다. 베티가 고민 끝에 찍은 점처럼, 고민 끝에 쓴 한 문장, 한 단어, 마침표까지도 마음을 담은 글은 의미가 있음을 이야기합니다.

오늘은 내 이름을 제목으로 글을 써보기로 합니다. 딱 한 줄로요. 어떤 말도 괜찮습니다. "선생님, 이렇게 써도 돼요?"라고 묻지 않기로 합니다. 무엇을 쓰든지 한편의 글이 되니까요.

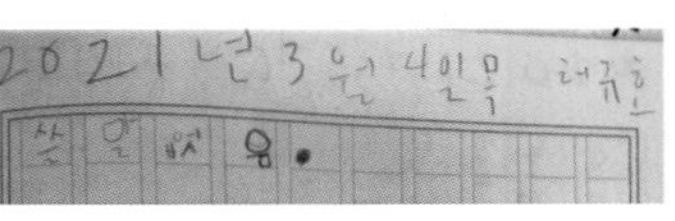

마침표만 찍은 아이.
한 단어로 자신을 표현한 아이.
한 줄에 서너 문장을 빼곡히 적는 아이.
모두가 대단한 작가가 되었습니다.

이제 1년 동안 글쓰기 할 공책의 표지를 만들기로 했습니다. 내 글이 모이면 한 권의 책이 될 테니까요. 책의 제목도, 그림도, 표지의 모양도 모두 작가가 정합니다.

"할 말이 없는 날"

《점》, 피터 레이놀즈, 문학동네

"없음"
"쓸 말 없음"

이라는 제목을 가진 책도 알록달록 화려한 표지를 보니 하고 싶은 이야기가 많은 것 같습니다.

오늘 교실에 남아 아이들의 글을 액자에 넣어주었습니다. 베티의 미술 선생님처럼요. 내일 예쁜 액자 속 자신의 글을 본 아이들의 마음이 어떨지 참 궁금합니다.

자녀의 글과 책 표지를 보니 무엇이 '궁금'하신가요?
오늘, 10살 작가들에게 직접 물어봐 주세요^^

〈부모님께 드리는 편지〉

한 아이가 상담실로 들어온다.
"여기가 네 자리야."

아이는 말 없이 고개만 끄덕인다.

"선생님이 여기 색연필 줄 테니까 원하는건 뭐든지 그려봐."

아이는 아무 대답이 없다. 가만히 흰 종이만 바라보던 아이는 긴장되는지 자꾸만 손을 꼬집는다.

"집에 있을 때 뭐해?"

한참동안 대답을 망설이던 아이는 속삭이듯 말했다. "무한의 계단" 선생님은 자신의 종이에 계단을 그리기 시작했다. 아이도 말없이 종이에 계단을 그렸다. 선생님은 자신의 종이에 그려진 계단의 숫자를 세기 시작했다. 아이도 말없이 자신이 그린 계단의 숫자를 세었다.

선생님이 종이에 괴물을 그렸다. 아이는 선생님이 그린 괴물을 파란색 색연필로 마구 색칠해버렸다. 선생님과 아이의 그림망치기 대결이 시작되었다. 아이는 신이나 자신의 종이를 넘어 선생님의 종이에도 색칠을 했다. 아이는 이제 자신의 종이에 그리고 싶었던 것들을 표현하기 시작했다. 아주 과감하게. 망설임 없이.

"총도 그려야지!"

드디어 아이는 먼저 말을 하기 시작했다.

Youtube 〈최민준의 아들TV〉의 최민준 소장이 선택적 함구증 진단을 받은 아이와 미술교육을 하는 장면입니다. 선생님이 자신을 평가하지 않는다는 것에 대한 신뢰가 쌓인 후 아이는 선생님과 장난도 치며 까르르 웃기도 합니다. 긴장이 풀린 아이는 새로운 도구도 스스럼 없이 사용하며 자신만의 로켓 만들기에 몰두합니다. 표현하기를 싫어하는 아이가 아니었습니다.

"네가 제일 잘 하는게 뭐야?"

"엷돌기?"

"그럼 제일 어려운 건 뭐야?"

"글쓰기."

"그럼 세상에서 제일 싫은 거는?"

"글쓰기."

"미술심리치료"는 익숙한 단어인데 "글쓰기 심리치료"라는 말은 참 어색하게 다가옵니다. 세상에서 제일 어렵고 싫은 것이 글쓰기라는 대답이 그 이유를 설명해 주는 것 같습니다. 많은 아이들, 아니 어쩌면 수많은 어른들이 글쓰기에 있어서 '선택적 함구증'을 앓았을지도 모릅니다. 저 역시도 현재 진행형입니다. 미술과 글쓰기는 어떤 차이가 있었을까요? 내가 쓴 모든 글이 늘 평가받아 왔기 때문이 아닐까요? 일기마저도.

올해 저희 반 책 쓰기 동아리 운영의 가장 큰 목표는 아이들의 글을 '평가' 하지 않는 것입니다. 아이들과 하얀 종이 위에 아무 말이나 써봐야겠습니다. 종이 위에 쓰인 글자들의 개수 세기 대결도 해봐야겠습니다. 서로의 글을 우스꽝스럽게 망치며 깔깔깔 웃어도 봐야겠습니다. 아이가 먼저 자신의 종이에 쓰고 싶은 것을 아주 과감하게, 그리고 망설임 없이 표현하기 시작할 때까지.

어느 선생님에게 낙서화가로 유명한 바스키아의 그림을 보여주며 " 선생님, 이 그림 어떠세요?"라고 물어본 적이 있습니다.

"아니, 좀 더 성의있게 그려야 할 것 같은데요? 색칠도 좀 꼼꼼히 하구요."

"선생님, 그런데 사실은 이 그림 '장 미쉘 바스키아'라는 화가가 그린 그림이에요."

"아, 어쩐지 뭔가 심오하더라!"

그림책 《점》에서 베티가 하얀 도화지 위에 내리꽂은 점 하나를 금테 액자 속 멋진 작품으로 만들어 준 미술 선생님이 참 존경스럽습니다.

하얀 공책 위에 찍힌 마침표 하나도 '심오'하게 읽어주어야지.
마침표 하나에 담긴 그 아이의 마음속 많은 말들을 읽어주어야지.
다짐해봅니다.

오늘은 편안한 날

오늘 아침은 교실 벽면에 걸린 자신의 글과 친구의 글을 감상하며 시작합니다. 내 글이 정말 멋진 작품이 되어 걸린 것을 본 아이들은 신이 났습니다. 그 모습을 보는 제 마음도 참 흐뭇합니다. 자신을 나타내는 한 줄. 친구들의 글을 하나하나 읽어 줍니다.

"대구신성초등학교"

"공룡"

"별"

"쓸 말이 없습니다."

한 줄의 글로 친구에 대한 많은 이야기가 오갑니다.

"연서는 우리 학교를 대표하는 무언가를 하고 싶나 봐요."

"은혁이는 공룡을 정말 좋아하나 봐요. 공룡 그림도 정말 잘 그려요."

"도영이는 별처럼 반짝반짝 거린다고 생각하나 봐요."

"쓸 말이 없다고 했는데 썼네요?"

쓸 말이 없다, 할 말이 없다고 생각한 것도 소중한 '생각'을 한 것이라 여깁니다.

1교시, 용기.

오늘은 1학기 회장, 부회장을 뽑는 날입니다. 12명의 친구들이 후보가 되었습니다. 모두 조금 긴장된 모습이지만 자신만만한 모습으로 교실 앞에 섰습니다. 인기투표가 아닌 우리 반을 위한 투표가 되었으면 좋겠다고 말합니다. 한명 한명 우리 반을 위해 어떤 노력을 할지 진심을 다해 발표를 하였습니다. 당차게 자기 생각을 표현하는 후보자들도, 한명 한명의 연설을 진지하게 경청하는 유권자들도 아주 멋집니다.

3명의 회장, 부회장이 선출되었습니다. 비록 1학기 회장, 부회장이 되진 못했지만 용기 내 친구들 앞에 선 후보자들에게 박수를 쳐주었습니다.

"너희들 모두 진짜 멋있었어."

회장, 부회장이 된 친구들이 당선 소감을 발표합니다.

"선생님을 열심히 도와서 우리 반을 잘 이끌겠습니다."

선생님을 돕기보다 친구들을 열심히 도와주기를 부탁합니다. 그리고 선생님과 친구들이 더 많이 소통할 수 있도록 중간 역할도 부탁합니다.

2교시, 자연 탐구.

1단원 "과학자는 어떻게 탐구할까?"를 공부하고 있습니다. 지난 시간에는 나의 꽃을 오감으로 관찰해 보았습니다. 오늘은 운동장에 나가

돌을 분류해보기로 합니다.

'돌을 찾아라!' 운동장에 있는 여러 가지 돌을 찾아서 모았습니다. 까만 돌, 하얀 돌, 회색 돌, 색깔별로 분류해봅니다. 세모 모양, 동그란 모양, 다이아몬드 모양, 모양별로 분류해봅니다. 보들보들한 느낌, 거칠거칠한 느낌, 촉감 별로 분류해봅니다.

그런데 큰 돌, 작은 돌로 분류하려고 하니 아이들의 의견이 분분합니다. 같은 돌을 보고 누구는 크다고 하고, 누구는 작다고 합니다. 모두가 같이 분류할 수 없는 기준은 기준이 될 수 없음을 깨닫습니다.

"3cm보다 큰 돌, 3cm보다 작은 돌 이렇게 하면 되잖아요."

측정이 필요함을 알게 됩니다. 다음 시간에는 각종 도구로 측정을 해보도록 하였습니다.

3교시, 우리 학교에 있는 나무 중 하나를 모둠 나무로 정했습니다. 자세히 관찰해봅니다. 그리고 예상합니다. 언제 우리 모둠 나무에 꽃이 필지. 공책에 예상 날짜를 적습니다. 예상한 날짜에 꽃이 피어 있는지 나와보기로 합니다. 아이들은 매일 등굣길에 모둠 나무를 관찰해보겠지요.

교실로 돌아와 자신의 글쓰기 책을 꺼내 글을 썼습니다. 오늘은 모두 자유롭게입니다. 알게 된 것, 느낀 점 무엇이든 상관없습니다. 시도 좋고 일기도 좋습니다. 어제는 한 줄 쓰기도 망설이던 아이들이 오늘은 거침없이 이야기를 써 내려갑니다. 자신의 책을 채워나가는 것이기에 아무렇게 쓰는 친구들은 아무도 없습니다.

"선생님, 공책 검사해요?"

"아니, 선생님은 감상할 거야. 너희가 쓴 글을."

그리고 아이들이 쓴 글을 모두에게 큰 소리로 읽어줍니다.

"선생님, 우리가 잘 써서 읽어주는 거예요?"

"아니, 너희 글이 너무 감동적이어서 읽는 거야."

내일도 아이들이 글쓰기를 두려워하지 않기를 바랍니다.

오늘은 편안한 날,
"편안하다"라는 단어를 보고 떠오르는 것들을 적어봅니다.

-폭신하고 부드러운 침대 위에 올라갔을 때
-엄마가 나를 안아줄 때
-학원을 마치고 집에 들어 올 때
-가족과 함께 있을 때
-학습지를 다 해 놓았을 때
-집에 있을 땐 언제나

그리고
-학교에 올 때

학교에 오는 일이, 하루의 반을 보내는 교실이 편안하다고 느끼는 아이들이 고맙습니다.

새 학년이 시작된 첫 주, 마지막 날입니다. 부모님도, 선생님도, 아이들도 긴장했던 첫날을 생각해봅니다. 나흘 동안 때로는 이야기로, 때로는 글로 서로의 마음을 나누었습니다. 긴장하며 들어온 교실은 따뜻한 곳으로 바뀌었습니다. 아이들에게 학교는 늘 오늘처럼 편안한 곳이길 소망합니다. 언제나 편안함을 느끼는 집, 집에서 가족들과 편안하게 보내는 주말은 아이들에게 어느 때보다 행복한 시간일 것 같습니다.

자녀들과 '편안한' 주말 보내시고, 설레는 다음 주를 기다려주세요.

오늘은 기대하는 날

오늘은 "기대하다"라는 단어로 하루를 시작해봅니다.

-내 생일에 받게 될 선물을 기대한다.
-3학년 때 좋은 친구를 만날 수 있기를 기대한다.
-이번 주말에 가족들과 가기로 한 캠핑을 기대한다.
-엄마의 잔소리가 멈추길 기대한다.

-선생님과 오늘 얼마나 재미있는 수업을 할지 기대한다.

아이들의 기대에 가득 찬 얼굴을 보니 책임감이 느껴집니다. 기대에 부응하려 노력해봅니다.

오늘은 사회 1단원. 우리가 생각하는 우리 고장의 모습을 공부하였습니다. 우리 고장에 어떤 장소들이 있는지 함께 떠올려봅니다. 아양교, 동대구역, 파티마병원, 신암선열공원, 2.28. 학생 도서관. 저보다 동네 지리를 더 잘 알고 있습니다. 아이들이 떠올린 장소 중 가장 많이 이야기된 열두 곳을 선정하였습니다. 그리고 함께 사진을 찾아보고 두 장씩 인쇄했습니다. 쉬는 시간, 아이들 몰래 운동장에 나가 사진들을 여기저기 붙여두었습니다.

아이들은 보물찾기 놀이를 하듯 우리 고장의 대표 장소들을 찾아다닙니다. 자신이 찾은 장소에 대해 글을 적습니다. 무엇을 하는 곳인지, 나는 거기서 누구와 어떤 일이 있었는지. 이제 나와 같은 장소 사진을 가진 친구를 찾아 나섭니다. 아이들은 여기저기를 뛰어다니며 서로에게 묻습니다.

"너는 어디야? 너는 어딘데?"

나와 같은 사진을 가진 친구를 만나면 공책을 바꿉니다. 같은 장소에 대해서 친구는 어떤 생각을 했는지 공유합니다. 그리고 친구의 생각과 내 생각의 공통점은 무엇이고, 차이점은 무엇인지 이야기합니다. 같은 장소에 대해서도 경험한 것이 다르고, 생각하는 것이 다를 수 있음을 알게 되었습니다.

이제 이 친구와 짝이 되었습니다. 두 사람은 함께 다른 장소를 선택한 친구들을 만나러 다닙니다. 우리 고장에 또 어떤 장소들이 있는지, 그 장소에서 어떤 경험을 했는지 조사합니다. 열심히 이야기하고, 열심히 경청하고, 열심히 적습니다. 분명 공부를 하고 있는데 아이들은 그저 즐겁습니다.

교실로 들어와 내 머릿속에 떠오르는 고장의 모습, '심상 지도'를 그려보았습니다. 친구들과 나눈 이야기가 많아서인지 거침없이 그립니다. 자신이 그린 지도를 칠판에 붙이고 감상하며 뿌듯해합니다.

'오늘은 어떤 공부를 할까?' 기다려지는 수업이 되었으면 합니다. 아이들에게 배움은 즐거운 것, 기대되는 것이었으면 합니다. 해맑게 웃고 있는 아이들을 보니 문득 제 아이의 어린 시절이 떠올랐습니다. 잘 자고 잘 먹기만 해도 박수를 쳐주었던 그때. 그저 건강하게만 자라주길 바랐었지요.

부모님은 아이들이 어떤 모습으로 자라길 기대하시나요? 저는 아이들이 자기 자신을 가장 사랑하는 사람으로 자라길 기대합니다.

아이들과의 행복한 내일을 기대하며
평안한 밤 되세요 :)

학교보호수
• 지정번호 : 16-1-65
• 지정일자 : 2016. 12. 26.
• 수 종 : 느티나무
• 수 고 : 12m
• 나무둘레 : 2.0m
• 관 리 자 : 대구신상

오늘은 든든한 날

《거북아, 뭐하니?》, 최덕규, 푸른숲주니어

이번 주는 친구 사랑 주간입니다. 도덕 '1단원. 나와 너, 우리 함께'를 공부하고 있습니다.

오늘은 그림책 《거북아, 뭐하니?》를 함께 읽었습니다. 친구를 만나러 가던 거북이는 돌에 걸려 넘어져 뒤집히고 맙니다. 버둥버둥하는 거북이에게 동물 친구들이 다가와 말을 겁니다.

"거북아, 뭐하니?"

참새에게 부끄러운 거북이는 말합니다.

"수영 연습 중이야."

토끼에게 자존심이 상한 거북이는 말합니다.

"보면 몰라? 하늘 보는 중이잖아."

소문 날까 봐 두려운 거북이는 말합니다.

"네가 나무에서 떨어지나 안 떨어지나 보고 있지."

뜻대로 안 되니 짜증 난 거북이는 화도 냅니다.

"됐거든!"

그림책을 읽으며 질문을 한가지씩 만들기로 하였습니다.

"거북이는 왜 돌에 뒤집혔을까?"

걸음이 느린 거북이가 왜 돌을 보지 못하고 뒤집혔는지 이야기합니다.

"빨리 가려고 서두르다가."

무엇이든 앞도 보고 옆도 보면서 천천히 가는 것이 더 좋다고 말합니다.

"거북이가 만나려던 친구는 누구였을까?"

"다른 거북이!"

"거북이 친구는 꼭 똑같은 거북이어야 돼?"

"토끼일 수도 있고, 악어일 수도 있고, 두더지일 수도 있잖아."

많은 이야기들이 오갑니다. 모습이 달라도, 나와 성격이 달라도 모두 친구가 될 수 있음을 알게 됩니다.

"또 다시 뒤집힌 거북이는 뭐라고 했을까?"

"도와주세요!라고 말했을거야!"

거북이처럼 도움이 필요했지만 부끄러워서, 또는 놀림 받을까 봐 말하지 못한 경험에 대해 이야기를 나누었습니다. 두더지에게 버럭 화를 내는 거북이처럼 학교에서 말하지 못하고 끙끙대다 자꾸만 가족들에게 화를 내게 된다는 이야기도요.

이제 말하는 연습을 해봅니다. '거북아, 뭐하니?' 놀이입니다. 친구들에게 도움을 요청할 일은 무엇이 있을까?

아프거나 다쳤을 때, 공부 시간에 모르는 게 있을 때,
청소할 게 많을 때, 다른 친구와 다투었을 때,
준비물을 안 들고 왔을 때.

함께 만든 그림 카드를 나누어 주었습니다. 모두 눈을 감은 사이 뒤집힌 거북이 3명이 뽑혔습니다. 뒤집힌 거북이는 자신이 뒤집힌 거북이라고 말하지 못합니다.

이제 아이들은 뒤집힌 거북이를 찾으러 서로 말을 건넵니다.

"거북아, 뭐하니?"

"나 친구랑 싸웠는데, 도와줄래?"

"당연하지."

놀이를 하며 아이들은 수십번 묻고 대답합니다.

"친구야,뭐하니?"

"나 힘든데, 나 좀 도와줄래?'

그리고 생각합니다.

"우리 반에 뒤집힌 거북이는 누굴까?"

오늘은 든든한 날.
아이들이 서로에게 늘 따뜻한 시선으로 관심 가져주고,
도움이 필요할 땐 언제든 '나 좀 도와줘!'라고 말할 수 있는
든든한 친구가 되어주길 바랍니다.

〈뒤집힌 거북이〉

김은혁

뒤집힌 거북이
거짓말하는 거북이
부끄러워서 거짓말하는 거북이
힘들어도 거짓말하는 거북이
나는 그런 사람이 되고 싶지 않다.

〈거북아, 뭐하니?〉

유경은

여기저기서 나는 소리
거북아, 뭐하니?
이쪽도 저쪽도
거북아, 뭐하니?
오늘따라 이 소리가 많이 들린다.

오늘은 흥미로운 날

오늘 아침 독서 시간에는 다른 학교 친구들이 쓴 책을 보는 것으로 시작합니다. 역시나 아이들은 또래의 친구가 쓴 책에 더 많은 관심을 가집니다. 다양한 그림책을 보며 3학년도 그림책의 저자가 될 수 있음에 감탄합니다. 우리도 그림책 작가가 될 수 있다고 말합니다. 그리고 오늘이 그 첫 시작이라고 말합니다.

"와아—"

"우리도 저렇게 만들 수 있어요?"

아이들이 흥미로워합니다. 첫 번째 그림책을 만들어 학교도서관에 진열하기로 했습니다.

지난 시간 그린 자신의 심상 지도를 찾아갑니다. 모둠 친구들에게 자신의 지도를 소개하고 다른 친구들의 지도와 비교합니다. 공통으로 그린 것은 어떤 것이 있고, 나만 그린 것은 무엇인지 친구가 그린 것은 무엇인지 찾아 이야기를 나누었습니다. 같은 동네에 살지만 머릿속에 떠오른 장소들은 모두 다름을 알게 되었습니다.

첫 그림책의 주제는 바로 '우리 고장'입니다. 우리 고장에 있는 여러 장소 중 하나가 그림책의 배경이 됩니다. 이야기를 쓰기 전 스텔라 블

랙스톤의 그림책 《나는 작은 눈으로》를 함께 읽었습니다. 한 소년이 배를 타고 항해 중입니다. 소년은 망원경으로 날아가는 새 한 마리를 보았습니다. 해님, 돌고래 한 마리, 멀리 떨어진 섬 하나, 섬에 있는 나무 한 그루, 바닷가 모래밭 그리고 소년을 기다리는 누군가를 보게 됩니다. 우리도 망원경을 써봅니다. 그리고 자신이 선택한 우리 고장의 그곳으로 여행을 떠납니다.

"거긴 어디인가요?"

"우리 동네 빵집이요."

"무엇이 보이나요?"

"소시지 빵이요."

"소시지 빵 표정이 어떤가요?"

"뭔가 못마땅한 표정이에요."

"왜요? 소시지 빵이 뭐라고 하나요?"

"'나한테 관심 갖지 마!'라고요. 누가 자기를 사 갈까 봐 그러나 봐요."

아이들은 가상의 망원경으로 상상의 나래를 펼칩니다. 이야기에 등장할 주인공들을 공책에 마음대로 적어봅니다. 그리고 우리는 화창한 봄날을 만끽하며 글을 쓰러 운동장으로 나갔습니다. 오늘도 아이들은 각자가 좋아하는 자리에서 자기만의 모습으로 자유롭게 글을 썼습니다.

아이들의 글이 너무 흥미롭습니다. 자신의 글을 소리 내 읽으며 웃기도 하고, 그러다 생각이 번뜩이면 고쳐쓰기도 합니다.

오늘도 아이들의 글쓰기 공책을 받으며 말합니다.

"감사히 잘 읽겠습니다."

내일 미술 시간엔 자신의 그림책에 넣을 삽화를 그리려 합니다.
아이들의 그림책이 벌써 기대가 됩니다. :)

오늘은 튼튼한 날

오늘은 체육 시간이 있는 날입니다. 3학년 세 반이 모두 운동장에 모여 합동 수업을 하기로 했습니다. 모든 스포츠에는 규칙이 있다고 말합니다. 규칙을 잘 지켜야 진정한 스포츠를 즐길 수 있다고도 합니다. 초등학교 시절 늘 달리기 6등을 했던 저의 이야기도 해줍니다. 결과에 연연하지 않기로 합니다.

3교시 영어 시간이 끝나고 운동장에 나갈 준비를 했습니다.

"얘들아, 4교시 체육 하러 가자."

그런데 옆 반을 보니 수학 수업 중입니다.

"선생님, 체육 4교시에서 5교시로 바뀌었어요."

저의 실수입니다. 복도에는 이미 한껏 들뜬 아이들이 줄을 서 있습니다. 이 아이들을 실망하게 할 수는 없습니다.

"얘들아, 4교시는 자유 놀이 시간이다."

"우리 선생님, 최고!"

"선생님이 우리 학교에서 젤 예뻐요!"

실수하고도 이런 칭찬을 듣는 저는 행복한 교사입니다. 아이들과 운동장에 나갔습니다.

"운동장에서 자유롭게 놀아보자!"

"오-예!"

아이들은 여기저기로 뛰어다닙니다. 달리기 시합도 하고, 줄넘기 연습도 하고, 시소도 타고, 정글짐을 오르기도 합니다. 꽃 냄새를 맡기도 하고, 돌 위를 올라가 보기도 하고, 모래 놀이도 합니다.

"선생님, 저희랑 얼음땡 놀이해요!"

"그래, 좋아."

신발을 벗고 맨발로 아이들과 얼음땡 놀이를 시작합니다. 아이들이 저를 따라 하나, 둘 신발을 벗었습니다.

"선생님, 저희도 맨발로 뛰어도 돼요?"

"당연하지!"

"선생님, 발 아플 줄 알았는데 시원해요!"

아이들은 저를 잡으러 다니느라 신이 났습니다. 땅을 밟으며 뛰는 아이들의 표정이 참 행복해 보입니다.

"선생님, 힘들어요. 잠깐 앉아서 쉬어요!"

우리는 운동장 트랙 위에 함께 누웠습니다. 그리고 파란 하늘을 함께 봅니다. 아이들과 처음 함께 본 예쁜 하늘 사진을 남겨두고 싶습니다. 카메라를 켜자 아이들이 장난을 치기 시작합니다. 하늘을 배경으로 아이들의 손이 하나, 둘 카메라에 담겼습니다. 카메라에 더 예쁜 사진이 남았습니다.

합동 체육 시간, 반별로 달리기를 했습니다. 두 명씩 뛰고 기록을 재기로 합니다. 함께 뛰니 100m를 순식간에 뛰어왔습니다. 우리 반은 25명이라 한 명은 혼자 뛰어야만 합니다. 혼자 남은 효미 옆으로 갑니다. 그리고 함께 뛥니다.

"효미 화이팅, 선생님 화이팅!"

결승선에 다다르니 아이들의 응원 목소리가 들립니다. 결과는 2등을 하였습니다.

"선생님! 축하해요! 2등이에요!"

2명 중 2등이지만 생애 처음 2등 한 선생님을 축하해줍니다. 꼴등이 아닌 2등이라는 생각에 어깨가 으쓱해졌습니다.

오늘은 튼튼한 날.

-맨발로 운동장을 마음껏 뛰어다닐 수 있는 내 다리

-줄넘기를 100개 넘게 할 수 있는 튼튼한 내 다리

-포기하지 않고 끝까지 달릴 수 있는 튼튼한 내 마음

그리고

-우리가 매일 있어도 무너지지 않는 튼튼한 학교

"선생님, 맨발로 걸으면 발 안 다쳐요?"

"학교 운동장은 괜찮아. 안전해."

지난 한 해 코로나19를 겪으며 학교가 아이들에게 얼마나 더 소중한 공간인지 알았습니다. 아이들에게 소중한 공간을 뺏지 않으려 매일 매일 많은 분이 애쓰고 계십니다. 그 덕분에 학교는 어쩌면 가장 안전한 곳일지도 모릅니다.

아이들은 학교에서 배웁니다.
아이들은 학교에서 건강해집니다.
아이들은 학교에서 성장합니다.

어떤 상황에서도 무너지지 않고 아이들을 지탱해주는 튼튼한 학교, 튼튼한 교육을 하겠다고 다짐합니다.

오늘은 자유로운 날

오늘 아침 시간에는 줄넘기 연습을 하였습니다. 학교에 도착하는 대로 각자의 줄넘기를 챙겨서 운동장에 나오기로 합니다. 3명, 7명, 13명, 8시 30분이 되자 친구들이 모두 모였습니다. 아이들이 오늘 몸이 조금 좋지 않아 결석한 친구를 찾습니다. 그리고 걱정합니다. 내일은 꼭 학교에 와서 함께 할 수 있었으면 좋겠다고 이야기합니다. 그 모습이 참 예쁩니다.

이번 주 금요일에 줄넘기 테스트를 하기로 했습니다. 아이들이 열심히 줄넘기 연습을 합니다. 힘들면 앉아서 쉬기도 하고, 다시 연습하기도 합니다.

"선생님, 저 잘하는지 봐주세요."

줄넘기 개수를 세어 줍니다. 하나, 둘, 셋, 넷… 아이들이 모여듭니다.

"우와, 진짜 잘한다."

백, 이백, 삼백… 오백오십. 친구들의 응원에 힘이 난 아이의 줄넘기가 멈출 줄 모릅니다.

"선생님, 저도 봐주세요. 저도요."

내일도 아침 시간 줄넘기를 하기로 하고 교실로 들어왔습니다.

1교시는 수학 시간입니다. 세 자릿수의 덧셈, 뺄셈을 배우는 날입니다. 수 모형으로 덧셈을 표현해보기로 했습니다. 일 모형은 일 모형끼리, 십 모형은 십 모형끼리, 백 모형은 백 모형끼리 모아봅니다. 자연스럽게 열 개가 넘어간 일 모형은 십 모형 하나로 만들어 넘겨줍니다. 수학은 답보다 계산 과정이 더 중요하다고 말합니다. 과정 속에서 원리를 아는 것이 더 중요하다고 말합니다.

암산하지 않기로 합니다. 또 지우개는 쓰지 않기로 합니다. 자신이 적은 계산 과정을 다시 보면서 무엇을 모르고 있는지, 어떤 부분을 실수하였는지 알 수 있기 때문이라고 하였습니다.

"선생님, 잘 모르겠어요. 아, 아니에요. 알 것 같아요."

계산 과정을 보며 스스로 생각을 수정합니다. 수모형으로 받아 올림이 있는 덧셈과 없는 덧셈의 차이를 알게 되었습니다. 이제 문제를 풀며 원리를 적용해보아야겠습니다.

오늘은 자유로운 날.

자유로운 수업을 해보기로 합니다. 수학책, 수학익힘책, 연필만 들고 밖으로 나가기로 하였습니다. 나가기 전, 자유와 방임의 차이에 대해서 이야기해봅니다.

자유: 외부적인 구속이나 무엇에 얽매이지 않고 마음대로 할 수 있는 상태.

방임: 돌보거나 간섭하지 않고 제멋대로 내버려 둠.

"우리가 해야 되는 건 하면서 자유롭게 해야 할 것 같아요."

"친구들이랑 다투면서 내 마음대로 하면 안 될 것 같아요."

아이들이 '방임하는 수업'이 아닌 '자유로운 수업'이 되었으면 좋겠다고 말합니다.

오늘 수학 과제는 수학책 10~13쪽, 수학 익힘책 6~9쪽입니다. 모둠별로 돗자리를 폈습니다. 그리고 수학책을 폅니다.

"오늘 햇볕이 따뜻해요." "선생님, 새소리가 나요."

마음이 편안한 상태에서 수학 문제를 맞이합니다. 잘 모르면 친구에게 물어보기로 합니다. 문제를 풀다 머리가 아프면 미끄럼틀을 한번 타고 와도 좋다고 하였습니다. 어떻게 문제를 해결할지, 어떻게 수학 시간을 보낼지 모두 자유입니다. "마음대로 하라고 했으니까 나는 일단 놀아야지."라며 달려가는 친구들이 단 한 명도 없습니다.

모두 수학 문제를 먼저 해결하는것에 도전합니다. 그리고 친구에게 물어봅니다. 함께 고민하다 풀리지 않는 문제는 선생님에게 질문하기도 합니다. 다시 신나게 뛰어가서 같이 문제를 해결합니다. 먼저 푼 친구들이 달리기를 합니다. 그 친구들을 따라 수학 문제를 두고 달리기를 한 바퀴 뛰었습니다. 그리고는 스스로 다시 돗자리로 돌아옵니다. 남은 문제를 기분 좋게 해결합니다. 1시간 동안 아이들은 모두 과제를 해결했습니다. 한 명도 빠짐없이요.

오늘 수학 시간은 머리 아프고, 어렵고, 왠지 하기 싫은 공부가 아니었습니다. 자유롭고, 든든하고, 신나는 공부가 되었습니다.

'자유롭다'

-엄마가 '오늘은 숙제하지 말고 놀아'라고 할 때 자유롭다.

-선생님이 '글을 마음대로 써봐.'라고 할 때 자유롭다.

-눈높이 수학 숙제를 다 끝냈을 때 자유롭다.

그리고

-수업 시간이 자유롭다.

오늘 아이들은 '자유로운 수업'을 통해 '자주적인 어린이'로 한 걸음 더 성장했습니다. 아이들이 5교시 수업이 끝나고 '드디어 수업이 끝났다.'라고 생각하지 않았으면 합니다. 1교시 수업 종이 울릴 때 '드디어 수업을 시작한다.'라고 생각하길 소망합니다.

〈수학 시간〉

이연서

수학은 자유롭다.
공부는 자유롭다.
우리는 자유롭다.
나는 자유롭다.
모든 것이 자유롭다.

〈수학 놀이〉

손나원

게임을 하는 것처럼
두근거리는 수학 수업
색다른 느낌이 나는 수학 시간

〈수학 시간〉

장하진

선생님과 자유로운 수학을 한다.
나는 수학을 싫어한다.
하지만 오늘은 좋았다.
수학 시간은 자유롭다.

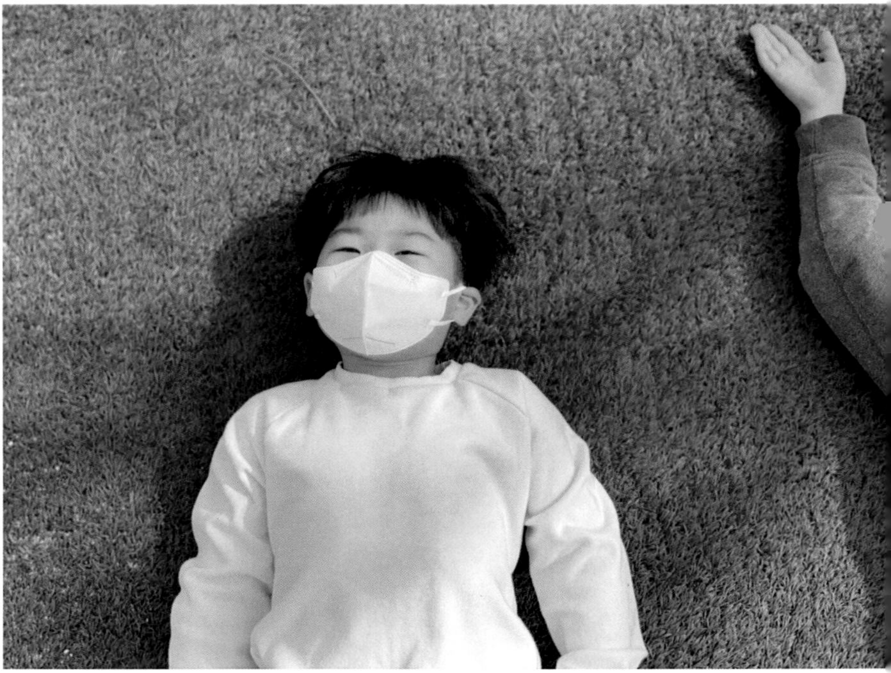

오늘은 자랑스러운 날

매일 줄넘기 연습을 하기로 약속한 지 딱 하루 만에 지키지 못했습니다. 오늘 5년 만에 최악의 미세먼지가 찾아온다는 예보 때문입니다. 아이들은 아쉽지만 자리에 앉아 아침 시간을 보냅니다. '자랑스럽다' 하면 떠오르는 것들을 적어보기로 합니다.

'나는 내가 자랑스럽다.'

자신을 스스로 자랑스럽게 여기는 아이들이 참 멋집니다.

1교시, 과학 시간. 크기가 다른 알갱이(쌀, 땅콩, 검은콩, 아몬드)로 측정, 예상하는 실험을 해보았습니다. 실험은 언제, 어느 순간 사고가 날지 모르기 때문에 장난스럽지 않게, 진지하게 과학 시간에 참여하기로 약속합니다. 크기가 다른 알갱이를 통 안에 넣고 흔들었을 때 어떻게 될지 예상하는 활동을 하다 문득 꽃이 피는 날을 예상했던 순간을 기억합니다.

오늘 아침 출근길에 보니 나무마다 꽃이 활짝 피어 있습니다. 아이들이 궁금해합니다. 활짝 핀 꽃을 너무나 보여주고 싶지만 미세먼지가 지나가기를 기다리자고 하였습니다. 오늘의 미세먼지 농도와 초미세먼지 농도를 보여주며 이야기하였습니다. 오늘은 매우 나쁨의 기준을

훨씬 초과한 농도입니다. 미세먼지는 우리 폐 속에 남아 폐에 심각한 손상을 입힌다고 이야기하였습니다. 그러니 오늘은 절대적으로 야외 활동은 금지이며, 집으로 곧장 가기를 당부합니다.

문득 아이들이 안쓰럽습니다. 코로나로 실내도 위험하고, 미세먼지로 야외도 위험한 지금. 어쩌면 영원히 마스크를 벗을 수 없을 것 같은 공포감도 밀려옵니다.

"선생님, 그러면 차는 안전해요?"

"차는 더 작은 밀폐된 공간이니까 위험하지!"

"그럼 도대체 어디가 안전해?"

"집이 제일 안전하지!"

"그럼 집에 바로 가야겠네!"

안타까운 현실에 대한 이야기가 길어졌습니다.

4교시, 수학 시간. 오늘은 두 번 받아 올림이 있는 덧셈을 공부합니다. 교실에서도 수학이 재미있는 공부가 되었으면 합니다. 두 번 받아 올림이 있는 덧셈의 원리를 이해합니다. 그리고 친구들 앞에서 설명하기도 하였습니다. 이제 수학 놀이를 합니다. 선생님이 낸 문제를 세 명의 친구가 풉니다. 정답을 맞추면 자신이 문제를 냅니다. 그리고 자신의 문제를 풀 친구를 랜덤으로 뽑습니다. 앉아있는 친구들은 칠판에 적힌 문제를 계속해서 풉니다. 나중에 할 빙고 게임을 위해서입니다.

모두가 10분 동안 세 자릿수 덧셈에 몰입했습니다. 학습자가 되기도 하고 출제자가 되기도 했습니다. 친구가 낸 문제를 맞힌 내가 자랑스럽습니다. 친구가 풀고 있는 내가 낸 문제가 자랑스럽습니다.

"선생님, 한 번 더 해요! 또 해요!"

아이들의 수학 에너지가 넘칩니다.

25명의 작가들이 쓰고 그린 그림책을 편집 중에 있습니다. 어쩜 이렇게 흥미진진한 이야기를 썼는지 하나하나를 읽으며 웃음이 납니다. 첫 독자가 된 것에 감사하는 시간입니다. 작가님들의 원본을 읽어주었습니다.

"오늘은 어느 작가님의 그림책을 읽어볼까?"

"저요! 저요! 제 꺼요! 제 그림책 꼭 읽어주세요!"

오늘은 자랑스러운 날.

그림책 작가가 된 것이 자랑스러운 아이들입니다. 최선을 다해서 한 문장, 한 그림을 채워준 아이들이 자랑스럽습니다. 25명 작가님들의 책 표지를 공개합니다. 어떤 이야기가 펼쳐질지 많은 기대 부탁드립니다.^^

간장치킨 찾기

글·그림 김고경

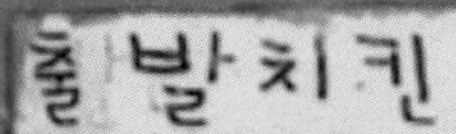

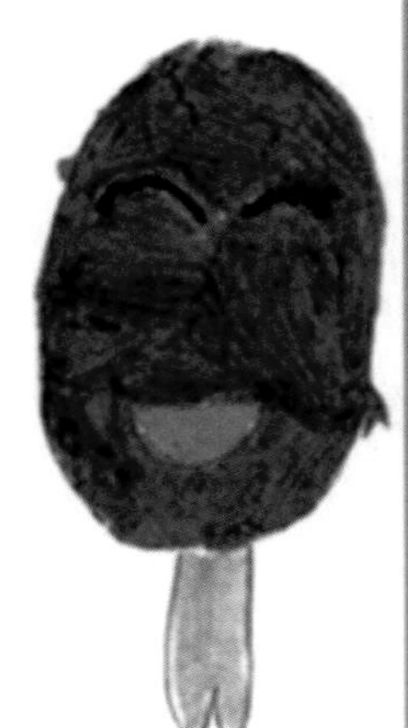

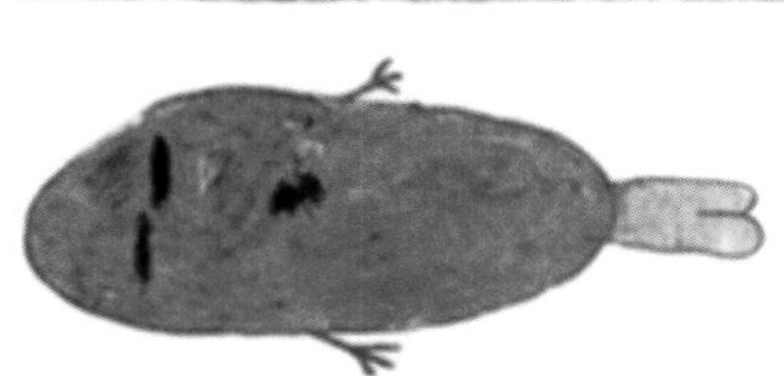

오늘은 용감한 날

오늘은 용감한 날입니다.

2교시 체육 시간엔 준비 운동과 줄넘기를 마치고 피구를 하였습니다. 체육 선생님이 피구 경기의 규칙을 설명해주십니다. 모두 경청해서 잘 듣습니다. 재미있는 피구 시합을 하기 위해서입니다. 몸에 공에 맞으면 경기장 바깥으로 나가 상대편을 공격하기로 합니다. 몸에 맞았지만 공을 잡았다면 아웃이 아니라고 하였습니다. 대신 바로 상대편을 공격할 수 있게 되지요.

용감하게 공을 잡아보기로 합니다. 공을 무서워하면 금방 상대방의 공격 대상이 됩니다. 또 내가 잡은 공을 "너가 던져."라며 옆 사람에게 주지 않도록 합니다. 누구든 자신 있게 공을 던질 수 있습니다. 처음 하는 단체 경기였지만 아이들은 규칙을 지키며 즐겁게 피구에 참여합니다. 이긴 사람도 진 사람도 없습니다.

오늘 창체 시간에는 월드비전 엽서 그리기 대회를 함께 하였습니다.

"네가 꿈을 그리면 지구 반대편 친구가 꿈을 꾸는 거야!"

대회의 주제는 '함께 자라는 꿈'입니다.

"선생님, 잘 때 꾼 꿈 말인가요?"

"선생님, 내 꿈을 그리면 돼요? 내 꿈은 아이돌인데!"

'함께 자라는 꿈'에 대해 생각해 보기로 합니다. 한국에 있는 우주도, 케냐에 있는 카마쇼도 꿈을 꿀 수 있는 그림을 그려보기로 합니다.

"선생님, 아프리카에도 아이돌이 있어요?"

"선생님, 우리나라에는 있는데 다른 나라에는 없는 것도 많잖아요!"

부족한 것이 많은 나라에 사는 친구들은 꿈이 없을까? 꿈을 이루지 못할까? 아니라고 합니다. 그렇다면 이렇게 사는 환경이 다른 전 세계의 친구들이 모두 꿈꿀 수 있게 하는 것은 무엇일까? "용기요!" 한 아이가 대답합니다.

그래. 무엇이든 할 수 있다는 용기. 용기만 있으면 누구든지 꿈을 꾸고 그 꿈을 이룰 수 있다고 말합니다. '내 엽서를 본 지구 반대편 친구가 꿈을 꿀 수 있는' 바로 그런 그림을 그려보자고 합니다. 그것이 바로 함께 자라는 꿈의 시작이 될 테니까요.

마음의 힘을 가져다줄 문구를 프린트했습니다.

-나는 할 수 있다!

I can do it.

-꿈은 이루어진다.

Dreams come true.

-나는 모든 것에 감사합니다.

I am grateful for everything.

-모든 좋은 일들이 오늘 나에게 펼쳐집니다.

All good things are coming to me today.

-나는 내 주변의 모든 것들의 아름다움을 느낍니다.

I see beauty all around me.

-나는 열정과 목표를 가지고 살아갑니다.

I live with passion and purpose.

-나는 매일 매일 웃고 즐깁니다.

I take time to laugh and play everyday.

-나는 깨어있고, 에너지가 충만합니다.

I am awake, energized and alive.

-나는 인생에서 모든 좋은 것에 집중합니다.

I focus on all the good things in life.

-나는 위대하고 소중한 존재입니다.

I am magnificence in human form.

-나는 나인 것에 감사합니다.

I am grateful to be…. ME

-오늘이 내 삶에 있어 최고의 날입니다.

Today is the best day of my life.

무작위로 문구를 뽑기로 합니다.

"와! 이거 내가 딱 원하던 문장이었어."

"이거 내가 엄청 뽑고 싶었던 문구인데, 오예-"

아이들은 서로 자신이 뽑은 문장이 자신이 원하던 것이라고 합니다.

사실 어떤 문장을 뽑았던지 간에 아이들은 좋아했을 것입니다. 자신이 뽑은 문장을 읽는 순간 마음의 힘, 용기를 얻었기 때문입니다.

그림을 그리고 용기를 주는 문장을 붙였습니다. 직접 따라서 쓰는 아이도 있습니다. 이제 큰 소리로 자신의 문장을 읽어보기로 했습니다. 아이들의 표정이 밝습니다. 그림을 그린 아이도, 이 그림을 보게 될 아이도 모두 꿈을 이룰 수 있는 힘이 생겼습니다.

'용감한' 사람이 되었습니다.

오늘은 괜찮은 날

오늘은 화재 안전교육이 있는 날입니다.

코로나로 인해 영상교육으로 대체합니다. 화재가 발생하는 이유, 그리고 화재가 발생했을 때 대피하는 방법에 대한 영상을 시청합니다.

"화재는 언제 일어나나요?"

"요리하고 가스레인지에 불을 안 꺼서요."

"캠핑할 때 산에서 불장난을 하다가요."

화재가 발생하는 이유가 다양합니다.

"화재가 발생하면 어떻게 해야 할까요?"

"먼저 불이야!라고 외쳐야 해요. 사람들에게 불이 났다고 알려야 하거든요."

"그리고 젖은 수건으로 입을 막고 밖으로 나가요."

"자세를 낮추고 걸어요."

"완강기를 탈 수도 있어요."

"고층에 살면 옥상으로 올라가야 해요."

2학년 안전한 생활 수업 덕분인지 아이들은 대피 방법을 잘 알고 있

습니다. 사이렌 소리가 울리면 운동장까지 대피하는 연습을 해보기로 합니다. 삐-사이렌 소리가 울립니다. 아이들이 소리를 지르기 시작합니다. 뛰어 내려가는 아이, 입을 막고 (가상의) 불이 난 쪽으로 걸어가는 아이, 장난치며 내려가는 아이. 사이렌 소리는 아이들의 기억을 모두 지운 것 같습니다.

화재 대피에서 가장 중요한 것이 있다고 말합니다. 젖은 수건도 아니고, 완강기도 아니고, 소화기도 아닙니다. 바로 "침착하게" 입니다. 어떤 순간에도 놀라지 않고 좀 더 '침착하기' 위해 대피 훈련을 하는 것이라 말합니다.

여러분의 마음속에는 언제 불이 나나요?

-엄마의 잔소리

-친구가 놀릴 때

-내 말을 안 믿어 줄 때

모두 불이 나는 이유가 다릅니다.

마음속 불을 끄려면 어떻게 해야 할까요?

"'불이야!'라고 외쳐야 해요."

자신이 언제 화가 나는지 친구들에게 큰소리로 알려주기로 합니다. 친구들의 마음속에 불이 나지 않도록 조심해주기로 했습니다. 이제 불을 끌 수 있는 나의 소화기를 완성해봅니다. 무엇을 하면 화가 가라앉고 기분이 좋아지는지 생각해봅니다.

-맛있는 걸 먹을 때

-노래를 들을 때

-문을 닫고 잠시 혼자 방안에 앉아 있을 때
-재미있는 게임을 할 때

화가 난 마음을 괜찮게 만들어주는 방법은 오직 나 자신이 알고 있습니다. 자신의 감정을 들여다보고 감정을 스스로 조절할 수 있는 사람이 되길.

이제 마음속의 불을 한 번에 꺼줄 단 한마디, 내가 가장 듣고 싶은 말을 적어보자고 합니다.

어떤 말을 듣고 싶나요?

어떤 말을 들었을 때 가장 행복한가요?

아이들이 망설임 없이 한 줄을 적습니다. 그 말이 참 듣고 싶었나 봅니다. '아현아-'라고 이름을 불러주는 것만으로도 좋다는 아현이의 말에 마음이 뭉클해집니다.

24명의 친구들이 온 마음을 다해 '그 한마디'를 해줍니다. 부끄러워 마스크로 눈을 가리기도 하고 귀를 막기도 하지만 얼굴에 다 나타납니다. 아이들의 행복함이.

오늘은 괜찮은 날. 오늘 우리는 꽤 '괜찮은 사람'이 되었습니다. 언제나 마음속 강력한 소화기를 지닌 괜찮은 사람.

목 요일
괜찮은 날
내 마음의 불 끄기
“침착하게”

오늘은 충분한 날

오늘은 줄넘기 테스트가 있는 날입니다. 아침 시간 줄넘기 연습을 하고 모두 한자리에 모였습니다. 세 명씩 친구들이 앞에 나와 줄넘기를 하고 세팀의 친구들이 줄넘기 횟수를 세어 주기로 했습니다. 괜히 긴장한 탓인지 연습 때 보다 잘 되지 않는 친구들도 있습니다.

가람이는 590개를 넘었습니다.

대-박

아이들이 놀라움에 박수를 쳤습니다.

다음 3명, 또 다음 3명의 친구가 뛰던 중 오류를 발견합니다. 하나, 둘, 셋, 넷 박자감에 빠져 친구의 줄넘기 횟수를 제대로 세지 못했습니다. 하나, 둘 할 때 한 번 넘은 친구도 있고, 하나 했는데 이미 두 번 넘은 친구도 있습니다.

오늘은 아쉽게도 발이 다쳐 뛰지 못한 연서와 학교를 결석한 하진이에게도 기회를 주자며 월요일에 다시 줄넘기 테스트하기로 했습니다. 오늘 테스트를 기다렸던 친구들이 너무도 아쉬워합니다.

카운트 어플을 사용하여 한 사람씩 횟수를 세기로 했습니다. 아까 제대로 횟수를 센 친구들은 기록을 리셋할 수도, 그대로 둘 수도 있다고 했습니다.

"오-예! 선생님, 저는 그대로 590개 할래요!"

신이 난 가람이가 말합니다.

여러 친구들이 도전합니다. 4개, 66개, 150개를 뛰었습니다.

이제 여주 차례입니다. 400개, 500개, 가람이 기록을 따라잡습니다.

"선생님, 저는 가람이 기록 깨는 게 목표예요!"

여주는 661개를 뛰었습니다.

대-박

여주는 신이 났고 아이들은 놀라움에 박수를 쳤습니다.

또 친구들이 도전합니다. 168개, 105개를 뛰었습니다. 민성이 차례입니다. 500개, 600개, 여주의 기록을 따라잡습니다.

안-돼

민성이는 1214개를 뛰었습니다. 신이 나서 싱글벙글했던 가람이와 여주가 속상해졌습니다.

교실로 돌아와 조슈아 조지의 《내가 제일 커!》라는 그림책을 읽어 주었습니다. 주인공 갈색곰은 기분이 엄청 좋습니다. 왜냐면 숲에서 제일 큰 곰이었기 때문입니다. 발도 크고 목소리도 제일 큽니다.

《내가 제일 커》, 조슈아 조지, 그레이트북스

그때 더 큰 곰이 나타나서 말합니다.

"아니, 이 숲에서 제일 큰 건 바로 나야."

그때 더욱더 큰 곰이 나타나서 말합니다.

"아니야, 내가 더 커."

갈색곰은 기분이 엉망입니다.

"나보다 큰 곰이 너무 많아."

이제 보니 발도 작고 목소리도 작습니다.

"이 숲에서 내가 제일 작아."

그때 더 작은 곰이 나타나서 말합니다.

"아니, 이 숲에서 제일 작은 건 바로 나야."

그때 더욱더 작은 곰이 나타나서 말합니다. "아니야, 내가 더 작아." 이제 갈색곰은 행복합니다. 숲에서 제일 큰 곰도, 제일 작은 곰도 아니지만요. 나를 다른 사람과 비교하지 않기로 합니다. 가지지 못한 것을 부러워하기보다는 가진 것에 감사하는 하루하루를 살기를.

590개를 뛰고 행복했던 가람이는 661개를 뛴 여주의 등장으로 속상합니다. 661개를 뛰고 행복했던 여주는 1214개를 뛴 민성이의 등장으로 속상합니다. 그러지 않기로 합니다. 1개를 뛴 친구도 줄넘기를 한 번도 해본 적이 없는 친구에게는 고수처럼 느껴질 테니까요.

오늘은 충분한 날.
가지지 못한 것 보다 가진 것들이 충분히 많음을 느낍니다.
나에게는 무엇이 충분한가요?

〈충분하다〉

신성초 3학년 2반 25명

나는 용돈이 충분하다.
나는 오늘의 음식이 충분하다.
나는 오늘 뛴 줄넘기 개수가 충분하다.
나는 나를 응원하는 친구들이 충분하다.
나는 생일에 받은 선물이 충분하다.
나의 시 쓰기 실력은 충분하다.
즐겁게 노는 시간이 충분하다.
엄마의 사랑이 충분하다.

나는 흥이 충분하다.

나의 속도는 충분하다.

내 마음은 충분하다.

나는 시간이 충분하다.

나는 생각이 충분하다.

나는 행복이 충분하다.

나는 기쁨이 충분하다.

나는 내 몸이 충분하다.

나는 내 얼굴이 충분하다.

나는 내 성격이 충분하다.

나는 뭐든지 충분하다.

나는 내가 충분하다.

똑똑똑-

4시 10분, 방과 후를 마친 석민이와 우빈이가 교실 문을 엽니다.

"선생님, 저 이제 가요."

"석민아, 우빈아. 주말 잘 보내고 와~"

"선생님, 학교 오는 게 너무 재미있어요. 사랑합니다"

아이들의 사랑이 충분한 저는 오늘도 행복한 교사입니다.

오늘은 공평한 날

오늘은 우리 반 친구들 모두가 빠짐없이 참여하는 진짜 줄넘기 테스트 날입니다. 지난주와 규칙이 바뀌었습니다. 오늘은 한 명 씩 나와 1분 동안 줄넘기를 뜁니다. 주어진 1분 동안 줄넘기가 발에 걸려도 상관없습니다. 다시 시작하면 됩니다. 1분 동안 뛴 줄넘기 횟수가 나의 기록이 됩니다.

줄넘기를 넘는 방식이 모두 다릅니다. 자신만의 전략을 세웁니다. 천천히 뛰어서 한 번도 발에 걸리지 않게 하는 친구도 있고, 빨리 여러 번 뛰려다가 마음이 급해져 실수하게 되는 친구도 있습니다. 하지만 모두가 도전하고 또 도전합니다. 주어진 1분 동안요. 앞에서 뛰고 있는 친구가 줄넘기 줄에 걸리자 혜진이가 큰 소리로 말합니다.

"괜찮아, 할 수 있어! 힘내!"

그러자 모든 친구들이 입을 모아 응원해 줍니다. 지난 금요일에 10개를 뛴 도영이는 오늘 90개를 뛰었습니다. 아이들이 모두 박수를 쳐 줍니다.

오늘 줄넘기 테스트 결과에 따라 다섯팀이 생겼습니다. 빨강팀, 파랑팀, 노랑팀, 주황팀, 하양팀. 이제 내일부터는 팀별로 연습을 하게 됩

〈오늘은 공평한 날〉 오디오북 듣기 →

니다. 팀 안에서 매일 3번의 줄넘기 대결을 하기로 합니다. 자신의 팀 안에서는 누구든 1등이 될 수 있습니다. 한 달 뒤 월요일 아침, 두 번째 줄넘기 테스트를 하기로 했습니다. 그때는 어떤 팀복을 입게 될지 기대하며 열심히 연습하기로 합니다.

2교시 국어 시간, 이야기에 대한 생각이나 느낌을 나누는 시간입니다. 오늘 아이들에게 읽어준 그림책은 《파닥파닥 해바라기》입니다.

《파닥파닥 해바라기》, 보람, 길벗어린이

아주 작은 해바라기는 큰 해바라기들에 늘 가려져 있습니다. 충분히 햇볕을 쬘 수도, 빗물을 받아먹을 수도 없지요.

어느 날 해바라기는 꿈을 꿉니다. 잎사귀를 파닥파닥하며 날게 되는 꿈. 꿈속에서 해바라기는 마음껏 햇볕을 쬐기도 하고 빗물을 받아먹기도 하지요.

하지만 이것이 모두 꿈이라는 것을 안 해바라기는 속상합니다. 그래도 다시 파닥파닥 잎사귀를 흔들어봅니다.

"이게 무슨 소리지?"

작은 해바라기가 파닥파닥하는 소리를 큰 해바라기들이 듣습니다.

"여기 작은 해바라기가 있어!"

큰 해바라기들은 조용히 비켜줍니다. 작은 해바라기가 햇볕을 쬐고 물을 먹을 수 있게. 작은 해바라기는 어느새 무럭무럭 자라 다른 해바라기들과 함께 서 있습니다.

가장 기억에 남는 장면과 그 장면에 대한 생각이나 느낌을 이야기해봅니다.

"해바라기가 물을 먹으려고 혀를 쑥 내밀고 있는 장면이 생각나요."

"작은 키 때문에 똑같이 빗물을 받아먹지 못하는 건 불공평한 것 같아요."

"해바라기들이 작은 해바라기를 위해서 비켜준 장면이 생각나요."

"작은 해바라기도 햇볕을 쬘 수 있게 기회를 준 것 같아요."

"작은 해바라기가 파닥파닥하는 장면이 생각나요."

"파닥파닥하지 않았다면 큰 해바라기 들이 작은 해바라기가 있는지도 몰랐을 거예요."

그림책이 주는 수많은 메시지를 읽은 것 같았습니다.

오늘 줄넘기 테스트 규칙을 1분으로 바꾼 것 또한 같은 이유라 말합니다. 1분이라는 시간을 모두에게 공평하게 주었습니다. 줄넘기를 잘하는 친구에게도, 줄넘기를 못 하는 친구에게도. 1분이라는 시간 동안 어떻게 줄을 넘을지는 자신의 몫입니다. 작은 해바라기가 파닥파닥 잎사귀를 흔든 것처럼.

모둠 활동을 할 때, 체육활동을 할 때 우리는 어떻게 해야 할지 생각해 봅니다.

"모든 친구에게 생각할 기회를 줘야 해요."

"답을 가르쳐 주는 것도 친구에게 기회를 뺏는 것 같아요."

"혼자서 모든 것을 하려고 욕심부리지 않아요."

"피구를 할 때도 혼자서만 공을 던지려고 하면 안 돼요."

"내가 잘 못 하는 것을 할 때도 열심히 파닥파닥 노력해야 해요."

공평하다.

똑같이 '기회'를 주는 것.

25명의 해바라기들과 진정한 협력학습이 이루어지는 교실을 꿈꾸었습니다.

오늘은 좋은 날

오늘도 아침 줄넘기 연습으로 하루를 시작합니다.

"파랑팀~ 여기로 와~"

어제 정해진 팀끼리 모여 줄넘기 연습을 했습니다. 팀복을 입으니 더욱 동지애가 끈끈해지는 것 같습니다. 아이들은 같은 팀 친구의 줄넘기 개수를 세어 주기도 하고 규칙을 만들어 줄넘기 대결을 하기도 합니다. 줄에 걸린 친구를 응원하는 목소리만 들릴 뿐 비난하는 목소리도, 짜증 내는 말투도 전혀 들리지 않습니다. 학교폭력 예방 교육이 달리 필요하지 않은 것 같습니다.

과학 시간, 1단원에서 배운 내용을 정리하는 학습지를 풀었습니다. 책을 참고해도 좋다고 합니다. 교과서를 볼 때 어느 부분이 중요한지 파악할 수 있는 기회이기 때문입니다. 그동안 공부한 것을 떠올려보기도 하고 책을 읽으며 찾아보기도 합니다. 그래도 아직 남아 있는 빈칸이 있습니다. 이제 모둠을 만들기로 합니다. 친구와 자신의 것을 비교하고 토의하며 남은 빈칸을 채워 나갑니다. 함께 생각하는 힘이 얼마나 큰지 알게 되었습니다.

국어 시간, 시 〈소나기〉에 나타난 감각적 표현을 찾아보았습니다. 비가 내리는 모습을 '잘 익은 콩이 쏟아진다'고 표현한 부분, 비가 내리는 소리를 '실로폰 소리가 난다'고 표현한 부분 등 감각적인 표현을 잘 찾아냅니다.

오늘은 좋은 날.
선생님과 좋았던 추억 한 가지를 꺼내어 봅니다. '얼음땡 놀이'
얼음땡 놀이로 모두가 함께 시를 써보기로 했습니다.
차가운 얼음.
아이들이 뛰는 소리.
'땡' 하고 말하는 소리.
꽃 냄새.
친구들의 웃음소리.

추억을 떠올리며 한 줄 한 줄 시를 써 내려갔습니다. 우리가 함께 쓴 첫 시를 소개합니다.

〈얼음 땡 놀이〉

3학년 2반

선생님과 함께 하는 얼음땡 놀이
다다다다닥
친구들이 뛰어간다.

얼음!

차가운 몸을 녹이는 '땡!' 하는 소리
12월 크리스마스 종소리 같다

낄낄낄낄 친구들의 웃음소리
운동장에 꽃냄새가 난다.

우-와

급작한 시를 다시 큰소리로 읽어봅니다. 다시 읽어도 너무 멋진 시입니다.

이제 나만의 시를 쓸 차례입니다. 공책에 좋아하는 것을 적어보기로 합니다. 생각나는 대로 무엇이든. 가족, 공룡, 레고, 강아지, 길고양이…

"선생님, 100개 적어도 돼요? 1000개는요?"

좋아하는 것을 적기만 하는데 아이들의 얼굴은 이미 신이 났습니다. 공책 빼곡히 적힌 좋아하는 것들을 읽어 봅니다. 그리고 그중에서 가장 좋아하는 것 단 한 가지만 고르자고 합니다.

"아, 정말 못 고르겠다." "선생님, 저 두 개 고르면 안 돼요?"

단지 글자를 고르는 것일 뿐인데 이렇게나 신중해진 아이들이 귀엽습니다.

"자, 이제 자신이 고른 그 단어가 오늘 시의 제목입니다. 감각적인 표현과 함께 '내가 좋아하는 것'을 시로 나타내봅시다."

내가 '가장' 좋아하는 것이니 평소에 얼마나 많이 생각하고 관찰했을까요? 아이들이 금세 시를 완성했습니다.

"작가님, 감사합니다. 좋은 시 써주셔서."

아이들의 공책을 읽습니다. 읽는 내내 저의 얼굴에서 미소가 떠나지 않습니다. 공책을 덮고 단 한마디를 해주었습니다.

"얘들아, 너희는 정말 천재야."

저만 읽기에는 너무도 아까운 25편의 좋은 시를 소개합니다. 부모님께서도 읽는 내내 미소가 떠나지 않으실 거라 믿으며.

친구

글_강아현

봄에 핀 벚꽃같은 친구
나는 친구와 놀 때가 좋다

따르르릉 노랫소리
나는 친구에게 전화 올 때가 좋다

아현아 같이 놀자
우리 그네 타자

고기피자

글_윤동윤

피자집에 들어간다
피자집 문에서 딸랑 종소리가 난다

고기피자를 시켰다
주문하니 띵똥 소리가 난다

사르르 녹는 고기와
찐득하게 늘어나는 치즈
고급스러운 맛이 난다

치즈크러스트 맛 고기피자가
더 맛있어 보인다

나중에는 그걸 먹을 것이다

오늘은 눈부신 날

오늘 2교시 체육 시간, 달팽이 놀이를 했습니다.

A팀과 B팀으로 나누어 반대쪽에서 한 사람씩 출발합니다. 서로를 향해 달려오다 두 친구가 만나면 가위바위보를 합니다. 이긴 사람은 계속 앞으로 나가게 되고 진 사람은 다시 팀으로 돌아가 줄을 섭니다. 그사이 새로운 친구가 출발해서 다시 가위바위보. 계속해서 새롭게 마주한 친구들과의 가위바위보를 이겨야만 앞으로 갈 수 있습니다. 상대팀 마지막 진영까지 오게 되면 최종적으로 가위바위보를 합니다. 이기면 1점, 지면 다시 자기 팀으로 돌아가 줄을 섭니다.

1시간이 어떻게 흘러갔는지 금방 3교시가 되었습니다. 교실로 돌아와 땀도 닦고 물도 마십니다.

"얘들아, 선생님이 오늘 정말 신기한 걸 발견했어."

"왜요? 그게 뭐예요?"

"너희 '공든 탑이 무너진다.'라는 말 아니?"

"열심히 쌓은 탑이 부서진다는 말이잖아요."

"그래. 분명히 오늘 너희 공든 탑이 여러 번 무너졌었거든?"

"그게 무슨 말이에요?"

"그렇게 힘들게 가위바위보를 이기고 이기고 또 이겨서 상대편 마지막까지 갔는데 거기서 지는 바람에 점수를 못 얻고 자기 팀으로 돌아갔잖아."

"맞아요."

"그런데, 아무도 속상해하는 친구가 없는 거야. 다들 깔깔깔 웃으면서 자기 팀으로."

"다시 또 이기면 되잖아요!"

"저는 어차피 그 전에 여러 번 이겼어요!"

"그리고 그렇게 갈 때까지 가위바위보 하면서 재미있었잖아요. 그럼 점수는 안 중요해요."

아! 아이들의 대답에 감동이 밀려옵니다. 달팽이 놀이를 하며 한 번도 가위바위보를 이기지 못한 친구가 있는지 물어보았습니다. 당연히 한 명도 없었지요. 작은 성공의 경험들이 실패했을 때 좌절하지 않는 마음의 힘이 된다는 것을 깨닫습니다.

글쓰기도 그렇다고 합니다. 매일 매일 짧게 써본 나의 멋진 글들이, 글쓰기를 두려워하지 않는 힘을 준다고요. 이런 글쓰기에 대한 성공 경험 없이 글짓기 대회나 글쓰기 수업 한 번에 자신의 글이 평가된다면, 글을 쓸 수 있는 용기는 생겨나지 않겠지요. 우리는 매일 매일 글쓰기의 작은 성공을 경험하고 있습니다. 오늘도 그런 날입니다.

오늘 국어 시간의 학습 문제는 '친구의 감각적인 시를 눈부시게 만들어주기' 입니다. 무작위로 한 친구의 시를 만납니다. 친구의 시가 더욱 돋보이게 시화를 그려주어야 합니다. 어떤 주제로 시를 썼는지, 어떤 감각적인 표현을 썼는지, 읽고 또 읽어 봅니다. 이해가 되지 않을 땐 작가의 의도를 직접 물어봅니다. 그리고 아주 조심스레, 소중하게 그림을 그립니다.

시화까지 그린 시를 다시 모아 하나씩 읽어주었습니다. 시 낭송이 끝날 때마다 아이들은 뜨겁게 박수를 쳐주었습니다. 그때 두 친구가 빙그레 웃고 있습니다. 시인과 그 시를 눈 부시게 해준 친구.

오늘 이 시를 자신의 액자에 넣어 걸어두기로 했습니다. 교실 뒤 환경판에서 액자를 찾아옵니다. 그리고 웃기 시작합니다. 자신이 제일 처음 썼던 그 글을 읽고요. 오늘 쓴 시와 처음 쓴 글을 몇 번이고 번갈아 쳐다봅니다. 자신의 발전이 너무도 놀랍습니다. 이제 이 액자에는 많은 글이 쌓여 가겠지요. 우리는 그 시작이 된 첫 글을 기념하며 사진을 찍었습니다. 또 나의 멋진 시를 함께 완성해준 고마운 친구와도 추억을 남깁니다. 새로운 글이, 새로운 자리에 전시되었습니다.

"선생님, 글에서 빛이 나는 거 같아요."

오늘은 눈부신 날입니다.

오늘은 대견한 날

오늘은 육상대회 학생 인솔로 인한 출장으로 수업을 하지 못했습니다. 아침 시간, 아주 잠깐 아이들과 인사를 나누었습니다.

"선생님 없어도 잘하고 있을 수 있지?"

"네~!"

아이들의 우렁찬 대답에 안도함도 잠시, 보결해 주시는 선생님이 교실로 들어오십니다. 제가 없는 하루를 어떻게 보낼지 괜한 걱정에 발이 떨어지지 않습니다.

"선생님, 다녀오세요."

아이들을 두고 스타디움으로 향했습니다. 대기하는 시간 내내 궁금합니다. 지금 뭘 하고 있을까? 잘하고 있을까? 혹시 친구들이랑 다툼이 일어나진 않았을까? 밥은 잘 먹고 있을까? 아이들의 하루를 보지 못하니 평소에 한 번도 생각하지 않았던 것들까지 괜스레 걱정이 됩니다.

경기를 마치고 얼른 학교로 돌아옵니다. 하교 시간, 아이들이 내려오고 있습니다.

"선생님~~!"

함박웃음을 지으며 아이들이 달려옵니다. 다행입니다. 아이들의 웃음에서 오늘 하루가 보입니다. 제가 두고 간 과학 문제를 풀었는지는 궁금하지 않습니다. 그저 오늘 하루도 잘 해낸 아이들이 대견합니다.

아, 이게 부모의 마음이겠구나. 내 품 안의 아이가 내가 없는 학교라는 세상에서 잘 해낼 수 있을지 염려되는 마음, 하교 후 아이의 웃는 얼굴에 모든 걱정이 사라지는 안도감. 내 아이가 잘 해내고 있다는 믿음. 오늘 저는 25명의 선생이 아닌 부모가 되었습니다. 다시 선생으로 돌아가 내일도 우리 반 25명의 아이들이 하교 후 환하게 웃으며 부모님의 품으로 돌아갈 수 있는 하루가 되기를 바라며 내일을 계획합니다.

오늘은 새로운 날

오늘 1교시에는 성격5요인 BFI 검사를 실시하였습니다. 총 136문장을 읽고 자기 자신에 대해 생각해보고 체크하는 검사입니다. 작년까지 문제지에 직접 표시를 하던 아이들에게 OMR카드는 너무나 생소합니다. 이름을 쓰고 초성, 중성, 종성을 찾아 동그라미를 색칠합니다. 처음이라 어려웠을 텐데도 신중하게 잘 해냅니다.

이제 자신에 대해 생각해보아야 합니다. 검사를 하기에 앞서 아이들에게 《날마다 날마다 놀라운 일들이 생겨요》라는 그림책을 보여주었습니다.

오늘의 멋진 빵은 어제의 밀이었습니다.
오늘의 멋진 새는 어제의 작은 알이었구요.
어제의 작은 씨앗은 오늘 멋진 장미꽃이 되었습니다.
어제의 비는 오늘의 눈이 되기도 하고,
어제의 사과는 오늘의 파이가 되기도 합니다.
거미는 어제와 다른, 새로운 거미줄로 집을 짓습니다.
모든 것이 당연한 듯 보이지만 어제와는 다른 모습입니다.

우리도 그렇다고 합니다. 매일 매일 나는 달라집니다. 오늘 성격검

사는 과거의 내가 아닌 '지금 나'를 알아보는 검사라고 하였습니다. 또 '내일의 나'는 지금과 달라지겠지요. '원래부터 나는 그랬어.'라는 생각으로 오늘의 나를 가두지 않기로 합니다. 저 또한 아이들이 보여 준 어제의 모습으로 오늘을 판단하지 않겠다고 했습니다. 날마다 날마다 성장하는 아이들이니까요.

5교시 과학 시간, 1단원 평가를 하였습니다. '무엇을 외우고 있나요?'가 아닌 '무엇을 이해하고 있나요?'를 묻는 것이라 하였습니다. 그동안 실험을 하고 공책에 배운 내용을 정리하는 과정에서 아이들이 충분히 잘 이해하고 있음을 확인해 왔습니다. 그런데 아이들이 문제 풀기를 어려워합니다. 어떤 부분이 어려울까? 어떤 부분을 이해하지 못했을까? 안타까운 마음에 다 함께 문제를 풀어보며 이야기가 길어졌습니다.

집으로 돌아오는 내내 마음이 조금 무겁습니다. 딸아이를 하원 시키고 오는 길에 주절주절 이야기를 해봅니다.

"예진아, 오늘 언니, 오빠들이 문제를 풀었는데 엄마가 너무 흥분해서 설명했던 것 같아. 열심히 공부했는데 모르는 게 안타까워서 말이야."

가만히 듣고 있던 아이가 말합니다.

"엄마, 욕심을 버려야 해.

안 그러면 언니, 오빠들이 엄마 미워해."

순간 할 말을 잃었습니다. 5살 아이의 눈에도 제 욕심이 보였나 봅니다. 제 수업을 반성해봅니다. 아이들이 왜 이해하지못했을까?가 아니라 나의 수업에서 어떤 부분이 부족했을지 생각해봅니다. 진정한 '배움'이 무엇인지, 또 진정한 '과정 평가'가 무엇일지 다시 한번 고민해보아야겠습니다. 이렇게 선생님도 날마다 날마다 성장해갑니다.

매일 매일 새로운 모습으로 봄이 다가오고 있습니다. 어느새 벚꽃이 만개하였네요. 내일 저녁에는 봄비가 내린다고 합니다. 벚꽃이 떨어지기 전에 아이들과 오늘의 봄을 추억하시길 바랍니다. 날마다 날마다 새로운 아이들과 행복한 주말 되세요.

오늘은 사랑스러운 날

"선생님, 안녕하세요."

아이들이 인사합니다. 무슨 이유에선지 더 많이 보고 싶었던 주말이었습니다. 한명 한명 교실로 들어오는 아이들이 너무나 사랑스럽습니다. 아, 오늘은 '사랑스러운 날'이라 해야겠습니다.

"선생님, 주말에 제가요-"

아이들의 행복 가득한 이야기를 들으며 기분 좋게 하루를 시작합니다.

수학 시간, 친구들과 토의하며 문제를 해결하는 아이들이 사랑스럽습니다. 가끔 의견 충돌로 토라져 있는 아이들이 사랑스럽습니다. 금세 언제 그랬냐는 듯 웃으며 이야기하는 아이들이 사랑스럽습니다. "도와줄까?"라며 친구들을 가르쳐주는 아이들이 사랑스럽습니다. "내가 풀어볼게."라며 끝까지 스스로 고민해보는 아이들이 사랑스럽습니다.

국어 시간, "제발-" 발표 추첨기에 자기 이름이 뜨기를 기도하는 아이들이 사랑스럽습니다. 쑥스럽지만 용기 내 자기 생각을 발표하는 아이들이 사랑스럽습니다. 친구를 바라보며 경청하는 24명의 아이들이

사랑스럽습니다.

쉬는 시간, 아이들 한명 한명을 보며 짧은 편지를 적어봅니다. '너의 존재 자체가 사랑스럽단다.'

친구에게 사랑스럽다는 말을 적어주기로 했습니다. "네가 ~해서 사랑스러워."라고 적지 않기로 합니다. 이유가 없습니다. 그냥 친구가 사랑스럽습니다.

칠판에 붙여진 두 장의 포스트잇을 집으로 가져가기로 합니다. 그리고 내가 가장 자주 볼 수 있는 곳에 붙여두기로 했습니다. 오늘 아이들에게는 내가 어떤 모습이든 나를 지지해줄 선생님과 친구가 생겼습니다.

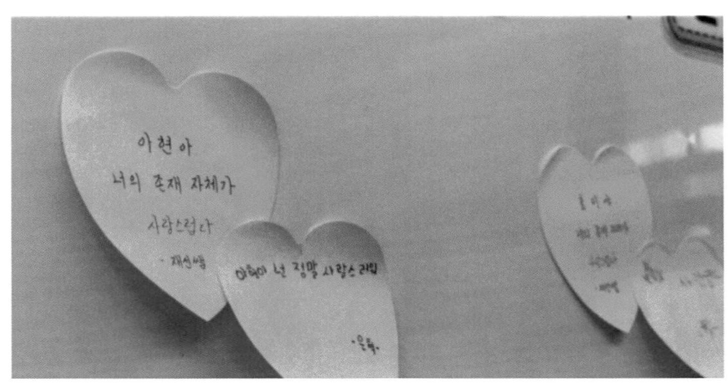

오늘은 틀리는 날

"선생님, 저 리코더 안 가져왔어요! 어떡해요?"

"괜찮아. 월요일에 가져오면 되지."

"선생님, 이렇게 해도 돼요?"

"해도 되는 건 없어. 네가 원하는 대로 하면 된단다."

"선생님, 나윤이 발목이 부러졌어요."

발목이 부러졌다는 나윤이는 씩씩하게 교실로 들어왔습니다.

조그만 일에도 큰일이 난 것처럼 걱정하는 아이들, 오늘은 담담한 날이라고 하였습니다. 깜빡하고 준비물을 가지고 오지 않아도, 수업 시간 활동지를 잘 못해도, 신나게 뛰어놀다 휘청거렸다 하더라도, 세상에 큰일이 나지 않는다 말합니다.

아이들에게 그림책 《틀려도 괜찮아》를 읽어주었습니다.

틀리는 걸 두려워하면 안 돼.
틀린다고 웃으면 안 돼.
틀린 의견에
틀린 답에
이럴까 저럴까
함께 생각하면서
정답을 찾아가는 거야.
그렇게 다 같이 자라나는 거야.

《틀려도 괜찮아》, 마키타 신지, 토토북

-그림책 《틀려도 괜찮아》 중

구름 위의 신령님도 틀릴 때가 있는데 태어난 지 얼마 안 된 우리들이 틀리는 건 당연하다고 말합니다.

"진짜 틀려도 돼요?"

"당연하지. 틀린다고 해서 세상에 큰일이 나지 않아."

"선생님, 선생님. 그러면 오늘 '틀리는 날'이라고 해요."

"좋아. 오늘은 '틀리는 날'이야."

아이들이 갑자기 옷을 거꾸로 입기도 하고, 신발을 반대로 신기도 합니다. 그 모습을 보며 서로 웃음이 납니다.

1교시, 그림책 《틀려도 괜찮아》의 표지를 합동화로 나타내어 보기로 했습니다. 하나의 그림을 24개로 나누어 각자 자신이 맡은 그림을 색칠합니다.

"선생님, 오늘 틀리는 날이니까 얼굴 초록색으로 색칠해도 돼요?"

"뭐든지요. 마음이 가는 대로 색칠해봅니다."

평소에 무엇이든 완벽히 해내려던 아이들이 초록색, 빨간색, 노란색, 검은색으로 자신의 그림을 마구 색칠합니다. 그 모습이 어찌나 신나 보이는지 저도 웃음이 납니다. 24개의 그림을 모았습니다. 엉망으로 색칠한 그림, 꼼꼼히 색칠한 그림 제각각이지만 모아보니 하나의 그림이 완성되었습니다. 예쁘게 색칠할 필요도, 실제와 똑같은 색으로 색칠할 필요도 없습니다. 우리는 틀려도 괜찮다고 말하는 그림책의 표지를 그리고 있기 때문입니다.

2교시 국어 시간, 오늘은 제1회 이야기 망치기 대회를 실시하였습니다. 한 명씩 돌아가며 한 문장씩 이야기를 이어나가면 된다고 말합니다. 단, 이야기를 '망쳐야' 합니다.

"옛날 옛날에, 토끼와 거북이가 살았어요. 그런데 토끼는 늘 거북이를 무시했지요."라고 시작하는 이야기입니다. 이야기 바통을 받은 첫 번째 친구가 말합니다.

"바로 그때! 거북이가 똥을 쌌습니다."

깔깔깔-여전히 똥이야기는 너무도 재미있는 아이들입니다. 한 명도 빠짐없이 이야기를 망칩니다.

"이제 이야기를 마무리해야 해요. 누가 마무리해 볼까요?"

"저요! 저요! 선생님, 제가 발표해볼래요!"

아이들의 목소리가 커졌습니다. 그 어떤 이야기를 해도 부끄럽지 않기 때문입니다. 모든 아이들의 문장을 컴퓨터로 받아 적었습니다. 완성된 이야기를 진짜 책을 읽듯 읽어주었습니다.

"그렇게 토끼는 달나라로 떠났습니다. 끝―"

"와아―"

"선생님, 저희 이것도 책으로 만들어요. 네? 만들어주세요!"

우리는 또 한 권의 책을 썼습니다.

4교시, 일부러 틀리는 국어시험 시간입니다. 1단원 단원평가를 풀어보기로 합니다. 단, 오늘은 가장 많이 틀리는 사람에게 상품이 있습니다. 아이들은 '틀리려고' 문제를 읽습니다. '틀리려고' 정답을 찾았습니다.

"문제 2번 정답은 4번이지요?"

"오예! 틀렸다!"

"아, 맞았잖아!"

아이들이 서로 마주 보며 웃습니다. 100점을 맞아야 한다는 부담감을 가지고 있던 아이들이 시험지에 '틀렸다'는 표시를 신나게 합니다.

"선생님, 오늘 이거 집에 가져가요?"

"그럼, 오늘 집에 가져가서 엄마한테 자랑스럽게 0점이라고 말하세요."

오늘은 틀리는 날. 세상을 살아가다 보면 완벽한 날도, 때로는 실수하는 날도 있겠지요. 그럴 때마다 아이들이 담담한 마음으로 상황을 받아들이기를. 오늘 0점, 10점 시험지를 들고 가는 아이들의 얼굴이 행복합니다.

〈틀리는 날〉

유경은

앗싸! 틀렸다.
오예! 틀렸다.

오늘따라
많이 들리는 이 소리

오늘은 틀리는 날
오늘 많이 틀려보자.

〈틀리는 날〉

공태희

오늘은 틀리는 날
실수로 틀려도 괜찮은 날
일부러 틀려도 괜찮은 날
국어시험도 틀리는 날
틀리는 건 뭐든지 괜찮은 날

〈틀려도 괜찮아〉

박상헌

시험 틀려도 괜찮아
품새 틀려도 괜찮아
수학 틀려도 괜찮아
국어 틀려도 괜찮아
사회 틀려도 괜찮아
모든 것을 틀려도 괜찮아

틀리는 건 배움의 첫걸음이니까

〈틀리는 날〉

김가람

오늘은 틀리는 날
친구들과 합동 그림을 그렸다
다 다르다
그래서 더 예쁘다

오늘은 틀리는 날
친구들과 틀리는 이야기를 지었다
많이 틀렸다
그래서 더 재미있다

오늘은 틀리는 날
국어시험을 쳤다
다 틀려서 공책을 받았다

당당하게 틀리자
오늘은 틀리는 날이니까

오늘은 존중하는 날

우리 교실에는 햇빛이 잘 들지 않습니다. 교실 창으로 들어오는 약간의 햇빛만으로 버티던 줄리앙이 대부분 시들어버렸습니다. 3학년 첫날 만난 나의 첫 꽃 줄리앙이 시들어버린 것을 아이들이 슬퍼합니다.

오늘은 4월 1일, 자리를 바꾸는 날입니다. 오늘도 운명적인 만남, 운명적인 자리가 아이들을 기다리고 있습니다. 화려하고 예쁘지만 금방 시들어버린 줄리앙을 대신해 수수하지만 오래 살아남는 다육이를 선물합니다. 운동장에 25개의 다육이 화분을 두었습니다. 가장 마음에 드는 다육이를 고릅니다. 그 화분에는 번호가 적혀 있습니다. 그 번호가 4월 한 달 동안 내가 앉을 자리입니다. 줄리앙이 있던 화분에 다육이를 옮겨 심고 교실로 들어왔습니다.

"선생님, 다육이한테 지금 물 줄까요?"

매일 매일 줄리앙에게 물을 주던 아이들의 마음이 바쁩니다. 줄리앙처럼 일찍 시들어버리지 않도록 더 잘 키워야겠다 생각합니다.

"다육이 한테 다음 주 수요일까지 물을 주면 안 돼요."

"네? 일주일이나요? 그러다 다육이도 죽으면 어떡해요?"

몸에 수분을 가득 머금고 있는 다육이는 3월에 만난 꽃 줄리앙과 다르다 말합니다. 이미 수분을 많이 가지고 있어서 물을 너무 많이 주었을 때엔 습기가 차 곰팡이가 생길 수도 있기 때문입니다. 다육이에게 필요한 것은 물보다는 바람이라 말합니다. 줄리앙도 다육이도 같은 식물이지만 키우는 방법은 너무나 다릅니다.

"선생님, 그럼 이번엔 쉬는 시간마다 물을 주는 대신에 창문을 열어주어야겠어요!"

아이들이 자신의 다육이를 마음에 들어 해서 참 다행입니다.

2교시 국어 시간, 아이들에게 그림책 《울타리 너머》를 읽어주었습니다.

《울타리 너머》, 마리아 굴레메토바, 북극곰

주인공 안다와 아기돼지 소소는 둘도 없는 친구입니다. 안다는 소소에 대해 뭐든지 잘 알지요. 소소에게 어떤 옷이 어울리는지, 뭘 하고 놀면 좋은지 뭐든 다 알고 있습니다. 소소는 다른 돼지들은 입어보지 못한 알록달록 예쁜 옷을 입기도 하고 글자 놀이를 하기도 하지요. 하지만 소소는 웃지 않았습니다.

안다의 사촌이 집으로 온 어느 날, 소소는 혼자 산책하러 나갑니다. 두 발로 걷던 소소는 네발로 걸어 나갑니다. 그리고 울타리 너머에서 멧돼지 산들이를 만나게 되지요. 산들이의 눈에는 소소가 참 이상해 보입니다. 같이 달려보자는 산들이의 말에 소소는 자신은 달릴 수 없다고 말합니다. 그리고 다시 집으로 돌아오게 되지요. 집으로 돌아온 소소는 다시 안다와 함께해야 합니다. 소소가 애써 쌓아놓은 블록을 무너뜨린 안다는 소소를 앉혀놓고 다른 돼지는 절대로 볼 수 없는 멋진 인형극을 보여줍니다. 하지만 소소는 하나도 행복하지 않습니다.

멋진 옷을 입고, 맛있는 저녁을 먹던 어느 날, 소소는 달리기 시작합니다. 자신이 입고 있던 화려한 옷들을 하나, 둘 모두 벗어 던지면서. 울타리 너머에서 산들이를 만납니다. 둘은 함께 넓은 숲을 달립니다. 소소가 드디어 웃습니다.

"선생님, 안다가 소소에 대해서 하나도 모르고 있었는데 다 '안다'고 생각한 거 같아요."

아이들의 말에 생각이 많아졌습니다. 나는 지금 안다의 모습으로 아이를 키우고 있진 않은지 반성해봅니다. 나는 지금 안다의 모습으로 아이들을 가르치고 있진 않은지 반성해봅니다. 아이들이 가지고 태어난 본래의 모습을 존중하지 않고 어른의 시선으로 판단한 것들을 강요하진 않았는지 다시 생각해봅니다. 화려한 옷도, 비싼 음식도, 좋은 교재도 자신의 본래 모습으로 숲을 뛰고 싶은 소소에게 행복을 가져다줄 수 없다는 것을 깨닫습니다. 줄리앙에게 매일 필요했던 물이 다육이에겐 소용이 없는 것처럼요.

4교시 과학 시간, 오늘은 2단원. 물질의 성질에 관해 공부해봅니다. 물체를 이루고 있는 재료인 물질. 여러 가지 물질로 실험을 해보았습니다. 나무, 플라스틱, 고무, 금속을 구부려보기도 하고, 서로 긁어보기도 하고, 물에 띄어보기도 했습니다. 4가지 재료들의 성질이 모두 다 다릅니다.

"만약, 딱딱한 나무로 농구공을 만든다면 어떨까요?"

"농구공이 튀어 오르지 않을 것 같아요."

"농구공을 던지고 받을 때 손이 아플 것 같아요."

"만약, 고무로 책상을 만들면 어떨까요?"

"책상이 물렁물렁해서 무거운 것을 버티지 못하고 무너질 것 같아요."

물체를 잘 만들려면 물체를 이루고 있는 물질의 성질을 잘 이해해야 한다고 말합니다.

5교시 도덕 시간, 1단원. 나와 너, 우리 함께를 공부하고 있습니다. 오늘 과학 시간에 배운 물질의 성질을 떠올려 보았습니다. 나는 어떤 물질과 닮았는지, 어떤 부분이 닮았는지 써 보기로 합니다.

-나는 고무를 닮았다. 왜냐하면 화가 났다가도 금방 다시 괜찮아지기 때문이다. (혜진)

-나는 금속 같은 사람이다. 왜냐하면 친구가 놀려도 쉽게 상처받지 않기 때문이다. (효미)

-나는 나무와 닮았다. 왜냐하면 나무에 긁힌 자국이 남는 것처럼 친구들과 싸우면 상처가 깊이 남아있다. (연서)

-나는 금속 같다. 왜냐하면 잘 웃지 않고 무표정일 때가 많아 표정이 딱딱해 보인다. (아현)

25명의 아이들이 닮은 물질과 그 이유가 다릅니다. 어떻게 하면 친구와 사이좋게 지낼 수 있을지 이야기해 보기로 했습니다.

"내가 활발한 성격이라고 해서 말이 없는 친구를 비난하지 않아요."

"나무를 닮은 친구에게는 상처를 주지 않도록 말 한마디도 조심해 주어야 해요."

"친구의 모습을 있는 그대로 존중해 줘야 해요."

친구를 있는 그대로 인정해주고 나의 생각대로 친구를 판단하지 않기로 합니다. 그렇게 서로 배려하며 진정한 '친구'가 되어주기로 합니다.

세상의 모든 것은 저마다의 '성질'을 가지고 있습니다.
줄리앙도,
다육이도,
안나도,
소소도,
나무도,
고무도,
그리고 우리 반 25명의 아이들도.

세상의 모든 저마다의 성질을 이해하고 배려하는
오늘은 '존중하는 날'입니다.

3

오늘은 소중한 날

1교시 국어 시간, 오늘 알맞은 높임 표현을 공부하고 있습니다. 우리말의 가장 큰 특징인 높임 표현은 '어른'을 공경하는 마음이 담겨있다 말합니다. 오늘은 공경하는 마음이 담긴 높임 표현을 써서 웃어른께 편지를 써보기로 했습니다.

"우리 주변에 어른은 누가 있나요?"

"교장 선생님, 교감 선생님, 보건 선생님, 도서관 선생님, 지킴이 선생님, 방역 도우미 선생님, 학교 주사님, 할머니, 할아버지, 어머니, 아버지, 이모, 이모부, 삼촌, 마트 아주머니, 경비아저씨, 공원지키미 선생님, 택배 아저씨."

아이들의 삶 속에 어른이 많습니다. 우리들을 위해 애쓰시는 어른. 모두가 소중한 분들이라 말합니다. 편지를 쓰며 감사를 표현합니다.

항상 불이 나면 구해주러 오시는 소방관님, 감사합니다.
도둑이 훔쳐 간 물건을 다시 돌려주시는 경찰 아저씨, 감사합니다.
항상 저희를 아껴주시고 사랑해주시는 선생님, 감사합니다.
우리에게 많은 책을 빌려주시는 사서 선생님, 감사합니다.

〈오늘은 소중한 날〉 오디오북 듣기 →

우리 아파트를 깨끗하게 해주시는 보성아파트 경비아저씨, 감사합니다.

슬플 때도 같이 슬퍼해 주시고 기쁠 때도 함께 기뻐해 주시는 부모님, 감사합니다.

언제 어디서든 아이들을 지지하고 있는 많은 어른들이 있음을 잊지 않기로 합니다. 보이는 곳에서, 보이지 않는 곳에서 어른들이 살아갑니다. '나'를 위해서.

3교시 생명존중교육 시간, 아이들에게 그림책 《네가 태어난 날엔 곰도 춤을 추었지》를 읽어주었습니다.

《네가 태어난 날엔 곰도 춤을 추었지》
낸시 틸먼, 내인생의책

네가 태어난 그 날 밤,
달은 깜짝 놀라며 웃었어.
별들은 살그머니 들여다봤고
밤바람은 이렇게 속삭였지.
"이렇게 어여쁜 아기는 처음 봐!"
정말이지, 지금껏 이 세상 어디에도
너같이 어여쁜 아이는 없었단다.
바람과 비는 네 이름을 속삭이고 또 속삭였어.
…
네가 얼마나 특별한지 궁금할 때마다,
누가 널 얼마만큼 사랑하는지 궁금할 때마다,
하늘 높이 날아가는 기러기를 보렴.
기러기들이 널 그리워하는 노래를 부르는 거란다.

바람 소리를 들으면서 살그머니 눈감아 보렴.

바람은 또다시 네 이름을 속삭일 거야.

...

너는 이 세상에 하나뿐이야.

더없이 멋지고 근사한 그 날에 너는 기적처럼 우리에게 와주었단다.

-그림책 《네가 태어난 날엔 곰도 춤을 추었지》 중

'나'는 온 우주의 중심이라 말해주었습니다. 이 세상의 모든 것들이 내가 태어남을 기뻐했고, 내가 살아감을 축복하고 있다 말합니다.

"내가 태어난 날, 나를 처음 본 엄마는 어떤 표정을 지었을까요?"

"너무 놀랐을 것 같아요. 눈물이 났을 것 같아요."

그 어떤 이유 없이 그저 가슴이 벅차 눈물이 났던 날. 아이가 처음 태어난 날을 떠올려봅니다. 아이들 모두, 가정에서 이 세상에 하나뿐인 소중한 보물들이겠지요. 그런 아이들을 나도 소중하게 대해주어야겠다고 다짐합니다.

그림책 《네가 태어난 날엔 곰도 춤을 추었지》의 표지를 패러디해 보기로 했습니다.

-태희가 태어난 날엔 빛이 났지.

-아현이가 태어난 날엔 달나라에서 토끼가 왔지.

-경은이가 태어난 날엔 세상 꽃들이 활짝 폈지.
-은혁이가 태어난 날엔 공룡들이 부활했지.
-고경이가 태어난 날엔 예쁜 나를 반겨주는 달이 떴지.
-혜진이가 태어난 날엔 알록달록 무지개가 떴지.

분명히 그랬을 것입니다. 더없이 예쁜 아이가 태어났음을 온 우주가 축복해주었을 겁니다. 오늘 아이들에게 '네가 태어난 날엔' 어떤 일이 있었는지, 아이를 처음 본 순간 부모님의 마음은 어땠는지 이야기해 주세요. 그런 '네가 얼마나 소중한 존재인지'도요.

"선생님 오늘 쓴 엽서는 직접 전해드리면 되나요?"

"네. 직접 마음을 전해주세요."

온 우주가 축복하며 태어나
오늘도 누군가를 위해 열심히 살아가는
선생님께,
소방관 아저씨께,
경찰 아저씨께,
보성아파트 경비아저씨께,
택배기사님께,
그리고
부모님께,
마음을 전합니다.

"당신은 세상에서 가장 소중한 사람입니다."

오늘은 기다리는 날

"잠깐만, 기다리세요."

오늘 아이들이 가장 많이 듣게 된 말입니다.

오늘은 아이들이 기다리고 기다리던 현장 체험학습 날입니다. 지난해 코로나로 인해 아이들에게 사라졌던 소풍날이 돌아왔습니다. 여느 현장 체험학습 날과 같이 들뜬 아이들은 교실에서 자리에 가만히 앉아있지 못합니다.

"선생님, 저 오늘 맛있는 거 많이 가져왔어요." "선생님, 언제 출발해요?"

겨우 아이들을 진정시키고 오늘 하루 지켜야 할 약속을 이야기합니다.

첫째, 마스크를 벗고 이야기하지 않기
둘째, 버스에서 정해진 자리에 혼자 앉기
셋째, 박물관 관람 시 친구와 함께 다니지 않기
넷째, 밥 먹을 때 개인 돗자리에 앉아 조용히 먹기

현장 체험학습을 가며 이런 약속을 하는 것은 처음인 것 같습니다.

친구들과 손잡고 여기저기를 구경하고 야외에서 맛있는 도시락을 먹으며 도란도란 이야기를 나눌 수 없는 소풍. 괜한 고생만 하고 오는 것은 아닌가 걱정이 되기도 합니다. 그저 신난 아이들을 데리고 국립대구박물관으로 출발했습니다.

버스에서 내리자마자 줄을 섭니다. 앞으로 나란히, 거리를 유지합니다. 박물관 앞에서 아이들은 기다립니다. 한 사람씩 들어가 열 체크와 손 소독을 합니다. 전시실 앞에서 아이들은 기다립니다. 한 사람씩 들어가 유물들을 살펴봅니다. 체험실 앞에서 아이들은 기다립니다. 한 사람씩 들어가 셀로판 유물 돋보기 만들기를 합니다. 화장실 앞에서 아이들은 기다립니다. 한 사람씩 들어가 손을 씻고 나옵니다.

기다리고 또 기다리던 현장 체험학습. 기다리고 또 '기다리는' 현장 체험학습이 되었습니다. 아이들이 무슨 재미가 있을까 생각하던 순간, 전시실을 관람하는 아이들의 모습에서 한 가지를 깨닫게 되었습니다. 아이들이 '자세히 관찰'하고 있다는 것을.

친구와 손을 잡고 들어갔다면 그냥 지나쳤을지도 모르는 유물을 혼자서, 진지하고 자세하게, 관찰합니다. 앞 친구가 관찰하는 것을 밖에서 기다리는 동안 전시실 안에 무엇이 있는지 팸플릿을 자세히 읽어봅니다. 그리고 내 차례가 되었을 때 설렘을 가득 안고 들어갑니다.

아, '기다림'은 나에게 주어진 것을 가만히, 자세히, 들여다볼 수 있게 했습니다.

오늘 우리는 2021년, 두 해째 함께하는 코로나를 슬기롭게 대처하는 자세를 공부했다 말합니다. 어쩌면 더 긴 시간 코로나와 함께 살아가야 하는 'with 코로나 시대'의 아이들. 교실 안 내 책상 가림막 속에 갇혀 있던 수동적인 자세에서 벗어나, 우리 삶의 현장에서 질서를 지키며 몸으로 체험하고 건강하게 다른 사람과 함께 살아가는 방법을 배웠습니다.

코로나19의 끝을 기다리는 이 힘든 하루하루가
나의 친구와,
나의 가족과,
그리고
나를
좀 더
진지하고, 자세하게
들여다볼 수 있는 값진 하루가 되길 바라며
코로나 속 첫 번째 현장 체험학습을 무사히 마쳤습니다.

오늘은 필요한 날

1교시 수학 〈2단원. 평면도형〉 선의 종류에 관해 공부하고 있습니다. 우리 주변에서 곧은 선, 굽은 선을 찾아봅니다. 곳곳에 다양한 형태로 수많은 선이 존재합니다. 두 점을 이은 선, 선분. 한 점에서 시작하여 한쪽으로 끝없이 늘인 곧은 선, 반직선. 선분을 양쪽으로 끝없이 늘인 곧은 선, 직선. '모든 도형의 기초가 되는 도형'인 선을 분류해보고 직접 그어보기도 하고, 선마다 다른 점을 이야기해보기도 합니다.

선분, 반직선, 직선은 이해하지만 도형의 이름을 나타내는 선분ㄱㄴ, 직선ㄷㄹ을 잘 이해하지 못합니다. 왜 ㄱㄴ이라 해야 하는지, 왜 반직선ㄱㄴ과 반직선ㄴㄱ이 다른지.

줄넘기를 들고 운동장으로 나갔습니다. 팀별로 줄을 섰습니다. 아이들의 팀복에 이름표를 붙여주었습니다. 점ㄱ, 점ㄴ, 점ㄷ, 점ㄹ, 점ㅁ. 이제 줄넘기를 이용해서 주어진 미션을 수행하면 됩니다.

"선분 ㄱㄴ을 만들어보세요."

각 팀의 점 ㄱ,ㄴ이 마주 보고 줄넘기의 끝과 끝을 잡습니다. 점ㄷ, ㄹ,ㅁ친구가 팽팽한 곧은 선을 만들 수 있도록 도와줍니다.

"반직선 ㄷㅁ을 만들어 보세요."

땅바닥에 줄넘기를 놓고 점ㄷ친구는 줄넘기 끝에, 점ㅁ친구가 줄 중간에 마주 보고 섰습니다.

"반직선 ㅁㄷ을 만들어 보세요."

이번에는 점ㅁ친구가 줄넘기 끝에, 점ㄷ친구가 줄 중간에 마주 보고 섰습니다.

"직선 ㄱㄹ을 만들어 보세요."

곧게 놓아둔 줄넘기 중간에 점ㄱ친구와 점 ㄹ친구가 섰습니다.

선의 이름 선분ㄱㄴ에서 ㄱ, ㄴ은 각각 점을 의미한다고 이야기합니다. 그래서 선분 ㄱㄴ과 선분ㄴㄱ은 같습니다. 왜냐하면 점ㄱ, ㄴ친구 모두 줄넘기 끝을 잡고 있기 때문입니다. 반직선ㄷㅁ과 반직선ㅁㄷ은 다르다 말합니다. 왜냐하면 반직선 ㄷㅁ은 점ㄷ친구가 줄넘기 끝을, 반직선 ㅁㄷ은 점ㅁ친구가 줄넘기 끝을 잡고 있기 때문입니다.

"이제 각 점 ㄱ 친구들끼리 모여 가장 긴 선을 만들어봅시다."

각 팀의 점ㄱ들이 모였습니다. 두 명 점들이 모여 하나의 선분을 만들고, 세 명의 점들이 모여 두 개의 선분을, 다섯 명의 점들이 모여 네 개의 선분을 만들었습니다. 이렇게 점들이 긴 선으로 연결되었습니다. 이제 선분으로 우리 반 오각형을 만들어보자고 하였습니다. 각 팀끼리 줄넘기를 잡고 하나의 변을 만들었습니다. 5팀의 변이 이어져 오각형이 되었습니다.

교실로 돌아와 아이들에게 그림책 《이 선이 필요할까?》를 읽어주었습니다.

형과 방에서 놀던 아이가 말합니다.
"이 선은 넘어오지 마! 형은 거기서만 놀아!"
아이는 대답합니다.
"그러지 말고 같이 놀자. 그런데 이 선을 누가 그어 놓았지?"
선의 정체가 궁금한 아이는 선을 따라가며 모으기 시작합니다.
선을 모으며 아이는 수많은 사람을 만납니다.
선을 사이에 두고 토라진 두 명의 친구와,
혼자만의 선에 갇혀 외톨이가 된 친구와,
꼬일 때로 꼬여버린 선 위에 서 있는 연인과,
선을 사이에 두고 서로 총구를 겨누는 사람들과,
수많은 선들로 나누어진 세계.
선을 모으고 또 모으던 아이는
지구 반대편에서부터 선을 모아온 할머니를 만납니다.
"너도 선을 모았구나."
"그런데 할머니, 이 선은 누가 계속 그어 놓은 거예요?"
"글쎄, 잘 모르겠네, 하지만 이 선이 꼭 필요할까?"
아이와 할머니는 자신들이 모은 선을 휴지통에 버려버렸습니다.

"선이 필요할까요?"

"네!" "아니요!"

아이들의 의견이 분분합니다.

"왜 선을 휴지통에 버렸을까요?"

《이 선이 필요할까?》, 차재혁, 노란상상

"선이 없으면 모두가 하나가 될 수 있는데 선은 자꾸만 둘로 나누니까요."

"아니에요! 선은 필요해요. 버리면 안 돼요!"

"왜 선이 필요할까요?"

"선은 아이와 할머니를 만나게 이어준 것이니까요. 선이 없으면 사람들끼리의 관계도 모두 없어지는 거예요."

운동장에 25개의 점이 흩어져 있었습니다. 두 명이 만나 선분을 만들었고, 선분들이 만나 변을 만들었고, 그 변들이 만나 오각형을 이루었습니다.

우리의 하루는 보이지 않은 수많은 관계의 선으로 이루어져 있습니다. 사람은 혼자서는 살 수 없다 말합니다. 우리 삶의 멋진 오각형을 만들기 위해서는 수많은 점으로 이루어진 선이 필요합니다.

오늘 우리는 '선을 긋자'라고 말하였습니다. 너와 나를 나누는 선 말고 너와 나, 우리를 이어주는 끝없는 선을. 그리고 우리는 '선을 그대로 두자'고 말하였습니다. 선을 사이에 두고 마주 보지 말고 선의 끝과 끝을 잡고 마주 보며 이렇게 말하기로 합니다.

"네가 필요해"

〈네가 필요해〉

김가람

파랑팀 ㄴ아
노랑팀 ㄴ아
주황팀 ㄴ아
하양팀 ㄴ아
네가 필요해
ㄴ들이 모여 만든 선분

ㄱ들아, 네가 필요해
ㄷ들아, 네가 필요해
ㄹ들아, 네가 필요해
ㅁ들아, 네가 필요해

"네가 필요해." 한마디에
우리 반은 오각형이 되었네

1명이라도 토라지면
완성될 수 없어

네가 필요해,
아니, 우리 모두가 필요해.

〈선〉

박상헌

선, 그림을 그릴 때 필요한 선
선, 길이 잴 때 필요한 선
선, 우리를 이어주는 선

선이 없다면 어떻게 될까
사람들의 관계와
모든 것이 사라지게 되겠지.
선은 없어서는 안 되는 존재다.

〈반직선〉

이연서

한 점에서 시작하여
저세상 끝없이 늘인 반직선

저세상 끝에는 뭐가 있는지 궁금해서
끝없이 가는 반직선

다시 돌아와
저세상 끝에 있으니
네 목소리가 안 들려

오늘은 특별한 날

에릭 칼의 그림책 《머리에서 발끝까지》를 읽으며 하루를 시작합니다.

동물들이 나와 서로 자기가 가진 재능을 뽐냅니다.
"나는 이쪽저쪽으로 머리를 돌릴 수 있어!"
"나는 쭉 목을 구부릴 수 있어!"
"나는 으쓱으쓱 어깨를 들썩일 수 있어!"
"나는 흔들흔들 팔을 움직일 수 있어!"
"나는 짝짝 손뼉을 칠 수 있어!"
"나는 둥글게 등을 구부릴 수 있어!"
"나는 살랑살랑 엉덩이를 흔들 수 있어!"
"나는 번쩍 다리를 들어올 릴 수 있어!"
"나는 쾅쾅 발을 구를 수 있어!"
"나는 발가락을 꼼지락꼼지락 움직일 수 있어!"

《머리에서 발끝까지》
에릭 칼, 한국몬테소리연구소

아이들이 한 동작 한 동작을 따라 해봅니다. 당연한 것이 특별한 재능이 되었습니다. 뭔가 이상하지만 기분은 좋습니다. '특별하다' 하면 떠오르는 것이 무엇인지 돌아가며 이야기해보기로 합니다.

-귀 접기를 할 수 있는 나

-팔씨름을 잘하는 나

-한 발을 들어 올려 오래 버틸 수 있는 나

-계산을 빨리할 수 있는 나

-손재주가 많은 나

-동물을 많이 키우는 나

-꿈을 포기하지 않는 나

모두가 한 가지씩은 특별함을 가지고 있습니다. 오늘은 이렇게 매일 반복되는 일상에서도 늘 존재해온 나만의 특별함을 찾아보기로 하였습니다. 매시간 수업이 끝나고 나면 그 시간 동안 찾은 나의 특별함을 적어보기로 합니다.

1교시 국어 시간, 단원평가 문제를 풀었습니다.

-글을 꼼꼼하게 전부 다 읽고 푼 나

-바른 자세로 앉아 문제를 푼 나

-글씨를 예쁘게 쓴 나

-신중하게 문제를 해결한 나

2교시 수학 시간, 각에 관해서 공부했습니다.

-자로 예쁘게 선을 그은 나

-문제를 한 번에 다 해결한 나

-연필을 바르게 잡은 나

-수업을 열심히 들은 나

-틀린 것의 이유를 잘 설명하는 나

3교시 음악 시간, 리코더 운지법을 공부했습니다.

-리코더 음을 듣고 잘 맞추는 나
-리코더 잡는 자세가 바른 나
-열심히 운지법을 연습한 나

적다 보니 헷갈리기 시작합니다. 이게 특별한 건가.
그것이 특별한 거라 말합니다. 너의 일상이, 네가 할 수 있는 모든 작은 것 하나가 특별한 재능이라 말합니다.

4교시 미술 시간, 10색상환 만들기를 했습니다. 10색 색종이로 예쁜 연필을 접어 10색상환에 붙이면 되는 활동입니다. 하지만 그렇게 하지 않기로 합니다. 활동지를 고치기로 합니다.

"나만의 특별한 방법으로 10색상환을 완성해봅시다."

색연필로 꼼꼼하게 색칠한 아이, 색종이를 찢어 모자이크로 나타낸 아이, 10색의 무당벌레를 그려 표현한 아이, 각각의 색깔로 하트를 접어 붙인 아이. 내 안의 특별함을 발견한 아이들의 작품은 하나하나가 특별했습니다. 어쩜 이렇게 창의적인지, 다 같이 연필 접기 활동을 안 하길 정말 잘했다는 생각이 들었습니다.
"지(智) 교육의 핵심은 나도 잘 할 수 있는 것이 분명히 있다는 것을 알게 하는 것이다"라는 《온고지신 교육》책의 한 구절이 문득 떠올랐습니다.

"여러분들이 적은 것 중에서 가장 특별한 것은 무엇인가요?"

"나. 나라는 존재가 특별해요."

누구보다도 나를 믿어주는 든든한 지원군이 바로 '나 자신'이 되길. 내일도 특별한 재능을 가진 25명의 특별한 '일상'을 기대합니다.

지(智) 교육은 단순히 교과교육만을 말하는 게 아니다. 국어, 수학, 사회, 과학, 음악, 미술, 체육, 실과시간에 배우는 지식만이 지(智)가 아니다. IQ 높은 사람이 공부 잘하는 것은 아니다. '나는 공부 잘하는 사람이야'라는 신념을 가진 사람이 공부를 잘 한다.

물론 세상에 천재는 있다. 천재는 타고 나야 하지만, 창의적 인재는 교육으로 가능하다. 교과 시간에에 배우는 지식만이 지(智) 교육이이 아니고 자신의 뇌에 심어지는 신념, 가치관도 지(智) 교육이다.

지(智) 교육의 핵심은 나도 잘 할 수 있는 것이 분명히 있다는 것을 알게 하는 것이다.

누구에게나 잘하는 부분이 있다.
반드시 있다.

-권택환, 《온고지신 교육》 중

오늘은 스며드는 날

수학 3단원 평면도형 '직각'을 처음 만났습니다. 직각. 알듯 말듯, 들어본 것 같기도 하고 모르는 것 같기도 합니다. 아이들의 생활 속에서 '직각'이라는 말이 익숙하지 않기 때문일 것입니다.

#1. 아이들에게 색종이를 나누어 주었습니다. 자신이 원하는 모양으로 종이를 잘랐습니다. 그리고 그 종이를 두 번 접어봅니다. 다시 펼친 종이에는 십자가 모양의 선이 그어져 있습니다. 그리고 그곳에 4개의 직각이 생겼다 말하였습니다. 어떤 모양의 종이든, 어떤 방법으로 접어든 두 번 접은 종이에는 직각이 생겼습니다.

#2. 이제 자신이 접어 만든 종이 직각으로 우리 반 교실 속 직각을 찾아다닙니다. 음악이 시작되면 우리 반에 있는 직각을 찾아 종이 직각과 일치하는지 확인합니다. 라운드마다 찾은 직각이 달라야 합니다. 아이들은 각자 교실에서 최소 10개 이상의 직각을 찾았습니다.

#3. 아이들에게 OHP 필름으로 직각삼각자를 만들어주었습니다. 직각삼각자를 활용하여 직각을 그려보기로 했습니다. 가로로 똑바로 그어진 선 위로 직각을 잘 그립니다. 그런데 방향이 조금만 변해도 직각

이 아니라고 생각합니다.

#4. 직각삼각자의 변마다 번호를 붙였습니다. 1, 2, 3. 각의 꼭짓점 방향이 왼쪽을 향하든 위를 향하든 1번과 2번 선이 만나는 부분이 직각이라고 하였습니다. 여러 개의 1번 직선 위에 2번 선을 그어 직각을 그립니다. 여러 개의 2번 직선 위에 1번 선을 그어 직각을 그립니다. 이제 직각이 무엇인지 조금은 어렴풋이 알 것 같습니다. 하지만 여전히 직각 그리기는 조금 어렵습니다.

#5. 운동장으로 나가기로 합니다. 우리 학교 안에서 직각이 있는 건물이나 사물을 찾아 그림을 그려보기로 했습니다. 직각이 나타난 부분은 삼각자를 사용하여 그립니다. 학교 건물을 그리면서 직각을 10개 이상 그려보았습니다. 주차장 앞 벽돌바닥을 그리면서 직각을 20개 이상 그려보았습니다. 자신이 그린 그림에 삼각자를 대어 직각을 잘 그렸는지 다시 확인해 봅니다. 그리고 수정합니다.

#6. 오늘 100개가 넘은 직각을 보고 그렸습니다. 이제 얼마만큼 직각이 나에게 익숙해졌는지 알아보기로 합니다. 도형 안에서 직각의 개수 찾기, 직선 위에 직각 그리기 활동지를 풀었습니다.

그런데 여전히 삼각자를 어떻게 해야 할지 몰라 빙빙 돌리기만 하는 아이, 그냥 자처럼 아무런 선을 그어놓고, 직각이라 표시하는 아이. 아이들이 여전히 방황 중입니다. 하지만 괜찮다 말해주었습니다. 머리가 나빠서가 아니라 단지 익숙하지 않아서라고 말합니다. 태어나 처음으로 하는 '엄마'라는 단어, 일부러 공부하지 않아도 그 단어는 저절로 알게 됩니다. 머리가 좋아서가 아닙니다. 우리의 일상 속에 엄마라는 단어가 매일 매일 스며들었기 때문입니다.

문제를 해결하지 못한 친구들을 한 명 씩 불렀습니다. 그리고 사탕 하나를 주었습니다.

"우리 사탕 하나씩 먹고 같이 풀어보자.

선생님도 옛날에 수학 문제가 안 풀리면 꼭 사탕을 먹었어.

그럼 왠지 머리가 좋아지는 느낌이 들더라구.

오늘 안되면 내일 또 하면 돼."

오늘 6가지의 활동에도 직각을 전혀 이해하지 못한 친구들도 있습니다. 하지만 괜찮습니다. 오늘 5번 더 이야기해 주고, 내일 10번 더 이야기해주려고 합니다. 익숙해질 때까지, 아이에게 스며들 때까지.

오늘은 솔직한 날

"응애–응애"

울음소리에 얼른 달려가 안아주던 엄마는 넘어진 아이에게 이렇게 말합니다.

"괜찮아, 울지 말고. 뚝."

우렁찬 울음소리로 모든 감정을 표현하던 아이는 이제 참는 법을 배웁니다. 힘든 상황에서도 꿋꿋이 이겨낼 수 있도록.

국어 4단원. 〈내 마음을 편지에 담아〉를 공부하고 있습니다. 이 단원에서 중점은 '편지를 쓰는 방법'이 아니라 '내 마음을 담는 것'이라 하였습니다.

"마음과 생각은 어떤 차이가 있을까?"

"생각은 머리로, 뇌로 하는 거예요."

"생각은 말로 나타낼 수 있고, 마음은 온몸에 나타나요."

"행복할 땐 얼굴에 미소가 지어지고, 화가 날 땐 주먹이 불끈 쥐어지고, 슬플 땐 눈물이 나요."

그러고 보니 정말 그렇습니다. 마음은 말하지 않아도 드러나는 것이었습니다. 그런 마음을 담기는커녕 참 잘 숨겨왔다는 생각이 들었습니다.

아이들에게 서현 작가가 쓰고 그린 《눈물바다》를 읽어주었습니다.

"선생님, 눈에 눈물이 가득한데 왜 입은 웃고 있을까요?"

표지를 본 상현이가 물었습니다.

"너무 기뻐서 우는 거 아닐까?" "너무 감동받아서 아닐까?"

《눈물바다》, 서현, 사계절

아는 문제 하나 없는 시험 시간,
입에 맞는 반찬 하나 없는 점심시간,
그 누구도 내 편이 되어 주지 않는 수업 시간,
서로 으르렁거리며 화만 내는 우리 집.
눈물이 나지 않을 수 없는 주인공의 하루입니다.
주인공은 울고 울고 또 울어버립니다.
눈물바다가 될 때까지.
눈물바다에 빠진 것들을 모두 빨랫줄에 널어 말립니다.
그러자 주인공의 얼굴에 미소가 가득해졌습니다.

아, 그래서 눈물이 가득한데 웃고 있었군요. 아이들의 추측이 모두 맞았습니다. 속상한 감정을 모두 털어낸 아이는, 홀가분해진 지금 너무 기뻐서 울었을지도 모릅니다. 눈물바다 속에 힘든 일들을 모두 흘려보내고, 다시 건져 말리는 과정에서 주인공은 시험문제를 하나도 풀지 못한 자기 자신을, 자신을 오해하고 혼낸 선생님을, 나에게 잔소리를 하는 엄마를 이해했을지도 모릅니다.

우리도 솔직해지자고 하였습니다. 오늘은 솔직한 날입니다. 그동안 부모님, 가족, 선생님에게 차마 하지 못하고 마음속에 꾹꾹 눌러 담았던 말들을 편지로 써보자 하였습니다. 오늘은 참지 말고 무엇이든 솔직하게 말해 보자고 하였습니다.

"선생님, 제가 집에서 조금 시끄러운 게 혹시 죄인가요?"

"그래, 그걸 편지로 물어보자."

부모님이 나를, 선생님이 나를 어떻게 생각할까 생각하지 말고 그냥 솔직한 내 감정을 그대로 편지에 담아보자 하였습니다.

"엄마, 내가 소연이와 놀아줄 때 엄마가 저한테만 화를 낸 적이 있는데요. 그때 제가 아주 아주 억울했거든요."

"엄마, 영어방과후를 하면서 스트레스만 받아서 그날마다 재미없는 삶이라고 생각이 들어요."

"엄마, 내가 뭘 잘 못 했을 때 좋은 말로 그런 짓은 하지 말라고 해주세요."

"효미야, 나는 너랑 정말 친해지고 싶은데 어떻게 말을 해야 할지 몰라서 하지 못했어. 나는 너랑 친구가 되고 싶어."

아이들이 말로는 하지 못한 말들을 글로 자유롭게 써 내려 갔습니다.

"선생님, 다 썼어요."

자, 그럼 이제 네가 부모님이 되어, 친구가 되어, 선생님이 되어 네 자신에게 답장을 써줘.

"네? 제가요?"

아이들은 자신의 편지를 받고 답장을 썼습니다. 그리고 엄마의 마음을, 선생님의 마음을, 친구의 마음을 이해하기 시작했습니다. 그리고 자신이 듣고 싶은 말로 답장을 쓰며 자신을 위로해주었습니다.

"나윤아, 소연이랑 놀 때 떠드는 것이 그렇게 잘못은 아니지만 너무 떠들면 집에 있는 모두가 시끄러우니까 많이 떠들지는 말아줘."

"엄마는 태희가 그렇게 생각할 거라곤 상상도 못 했네."

"효미야, 엄마가 먼저 화만 내서 속상했지? 엄마가 이제 네 입장도 생각해서 말할게."

"석민아, 네가 슬플 때 엄마가 꼭 안아줄게."

이제 진짜 부모님께, 선생님께, 친구에게 보여주고 답장을 받아오라 하였습니다. 하지만 아이들의 마음은 처음 편지를 쓸 때와 많이 달라져 있습니다. 이미 많은 감정들을 바닷속에 빠뜨리고 건져 따뜻한 햇볕에 말리고 있기 때문입니다.

솔직한 글쓰기는 읽는 사람에게도 쓰는 사람에게도 많은 위로가 되는 것 같습니다.

"내가 속상할 때 부모님이 어떻게 해주셨으면 좋겠어?"

"그냥 아무것도 묻지 말고 꼭 안아줬으면 좋겠어요."

25명 아이들의 대답이었습니다. 오늘 아이들의 솔직한 편지를 읽고 왜 이런 이야기를 썼냐 묻기보다는 그냥 말없이 꼭 안아주세요. 그리고 부모님의 사랑을 담아 답장을 써주세요. 아이들은 정말 그것 하나면 충분하다고 하였습니다.

오늘은 꿈꾸는 날

"오늘 밤 어떤 꿈을 꾸고 싶나요?"

교실에 들어선 아이들에게 물었습니다.

트로트 가수가 되는 꿈
엄마가 게임 아이템을 사주는 꿈
엄마가 맛있는 밥상을 차려주는 꿈
내 생일 날에 아빠가 커다란 선물을 주는 꿈

꿈이 아니라 현실이었으면 좋겠다고 말합니다.

국어 4단원. 〈내 마음을 편지에 담아〉 글을 읽고 글쓴이의 마음을 짐작하기를 공부하고 있습니다. 아이들과 함께 그림책 《아낌없이 주는 나무》를 읽었습니다.

"그림책을 다시 읽고 질문을 하나씩 적어볼까요?"

아이들의 공책에 수많은 질문들이 쌓였습니다. 돌아가며 질문을 발표해 보기로 합니다.

소년과 나무는 어떻게 만나게 된 걸까?

소년은 점점 늙어가는 데 나무는 소년이 늙어간다는 걸 모르는 걸까?

소년은 왜 나무를 소중하게 여기지 않았을까?
나무는 정말 소년을 사랑했을까?
소년은 왜 멀리 떠나고 싶었을까?
소년은 결혼해서 어떻게 살았을까? 아이도 있었을까?
나무는 소년이 줄기도 베고 가지도 베어가는데 아프지 않았을까?
나무는 자기가 점점 없어져 가는데도 왜 행복했을까?
소년은 결혼해서 어떻게 살았을까? 아이도 있었을까?
나무는 정말 행복했을까?
나무의 이름은 무엇일까?

또 한편의 글이 되었습니다.
저는 소년이 되었다가 나무가 되었다가 합니다.

《아낌없이 주는 나무》
셸 실버스타인, 시공주니어

운명적으로 만난 너와 나, 그리고 나와 엄마.
나의 눈에는 언제나 아기 같은 너, 그리고 나.
나만 바라보고 있는 너, 늘 바라기만 하는 나.
키우면서 한 번도 힘든 적이 없었다는 우리 엄마,
그리고 늘 웃는 얼굴만 보여주고 싶은 나.
재선이 엄마, 그리고 예진이 엄마.

눈물이 날 것 같은 마음을 겨우 진정시켰습니다. 질문들에 대한 이야기를 하며 나무의 마음을, 소년의 마음을, 그리고 부모님과 나의 마음을 들여다보았습니다.

이제 마음이 잘 드러나게 편지를 써볼 차례입니다. 아낌없이 주는 나무에게 편지를 쓰기로 했습니다.

아낌없이 주는 나무야. 넌 참 착해. 우리 엄마처럼. (석민)

나도 소년처럼 욕심이 너무 많은 것 같아. (은혁)

소년은 자기만 생각했고 너는 소년만 생각했어. (가은)

혹시 너도 겉으로는 "행복하다"라고 했는데 속으로는 속상했니? (가람)

너는 왜 소년에게 너의 모습을 그림으로 그려달라고 하지 않았니? (고경)

이젠 너를 위해서 너 자신을 살아보는 건 어떨까? (경은)

너의 이름은 무엇이니? 너의 이름을 찾아주고 싶어. (연서)

나무야. 이제 무서운 게 오면 내가 항상 너를 지켜줄게. 사랑해. (도영)

"오늘 밤 어떤 꿈을 꾸고 싶나요?"

아이들에게 다시 물었습니다.

엄마 아빠가 손을 잡고 꽃다발을 들고 있는 꿈

부모님이 행복한 표정으로 나를 반겨주는 꿈

엄마가 웃는 얼굴로 서 있는 꿈

엄마 아빠가 미소를 지으며 '우리 딸, 사랑해'라며 꼭 안는 꿈

"그냥 지금 부모님의 모습 그대로 나왔으면 좋겠어요."

꿈이 아니라 현실이었으면 좋겠다고 말합니다. 교실에 혼자 남아 아이들의 공책을 감상하다 발견한 연서의 글에 하루종일 참았던 눈물이 나고야 말았습니다.

소년은 부럽다.
사랑하는 나무가 살아있으니까.

소년은 부럽다.
나무가 아낌없이 주니까.

나무는 늙지 않는 것 같다.

2021년 5월 8일
세상의 모든 아낌없는 나무와 소년이
함께 미소짓는
행복한 꿈을 꾸길 바라며.

소년은 부럽다 사랑하는 나무가 살아있으니까.
소년은 부럽다. 나무가 아낌없이 주니까
나무는 늙지 않는것 같다.

열살, 이연서

오늘은 느린 날

아침 활동 시간, 아이들이 분주하게 책을 읽습니다. 하나를 금세 읽고 또 한 권을 가져옵니다. 휘리릭 책장을 넘기고 또 한 권. 천천히 보자고 말하였습니다. 그림도 자세히 보고, 어떤 말을 했나 자세히 들어보자 했습니다. 책 한 권만 정해 천천히, 자세히 읽습니다. 그리고 '내 마음속 한 문장'을 찾아 적어보기로 했습니다.

자신이 읽은 책과 한 문장을 모두 발표해보기로 했습니다. 칠판 앞으로 쭈뼛쭈뼛. 친구들 앞에 선 것이 부끄러운 아이들이 한참 머뭇거리다 속사포처럼 발표해버립니다.

"천천히 말해줄 수 있어? 천천히 말하면 더 잘 전달 될 거야."

상헌이가 말합니다.

친구가 용기 내 생각을 발표할 수 있도록 가만히 기다려 주었습니다. 친구들의 무언의 응원 소리가 전달되었는지 용기 내 말해봅니다.

천천히.

짝짝짝-

모두가 친구의 용기에 박수를 쳐주었습니다.

수학 시간, 나눗셈 연습을 하고 있습니다. '어제의 나'를 이기는 공부입니다. 매일 3분 동안 문제를 풀고 어제보다 정답 수가 많거나 같은 정답 수에 더 빨리 풀었다면 포켓몬스터 스티커를 가질 수 있습니다. 오늘은 느린 날, 시간을 재지 않기로 했습니다. 신중하게 풀고 충분히 검토해보기로 합니다. 시간이 부족해서 풀 수 있는데도 틀렸던 아이들, 시간에 쫓겨 실수하던 아이들이 모두 '어제의 나'를 이겼습니다.

국어 시간, 그림책 《슈퍼거북》을 읽어주었습니다. 달리기 1등을 한 거북이 보다 해먹에 누워 책을 보다 잠든 거북이의 모습이 행복해 보인다고 말합니다. 삶의 목표가 '성공'이기 보다 '여유로움'이기를 바란다고 하였습니다. 천천히, 신중하게. 앞도 보고, 옆도 보고, 때로는 누가 오고 있나 뒤도 돌아봐 주자 말합니다. 그리고 달려가는 길에 누군가가 낮잠을 자고 있다면 함께 쉬어도 좋다 말합니다. 달콤한 낮잠에서 깬 친구와 함께 달려도 좋다고 말합니다.

오늘은 느린 날,
학교 끝난 후 방과 후
방과 후 끝난 후 태권도
태권도 끝난 후 공부방.

"선생님, 저 오늘은 좀 여유로운 날이에요.

방과 후랑 학원, 태권도 3개밖에 안 가요."

《슈퍼 거북》, 유설화, 책읽는곰

시간이 느리게 가는 열 살 인생이길 바랍니다.

나는 이제 거북이보다, 누구보다 더 느려야겠다.
느리면 힘들지도 않고 하고 싶은 거 다 할 수 있으니까.
-열 살 슈퍼거북, 김고경

느리다
걸음이 느리다
지쳐서 느리다
우울해서 느리다

아니,
행복해서 느리면 어떠냐
기뻐서 느리면 어떠냐
-열 살 슈퍼거북, 금혜진

오늘은 느린 날, 수학을 했다.
오늘은 3분이 아닌 그냥 느리게.
저번보다 훨씬 많이 맞았다.
너무 신난다.
기분이 좋다.
-열 살 슈퍼거북, 최여주

발표를 해보자.
"~~!!@$#%@%$@^$@"
"응? 뭐라고?"
"괜찮아, 할 수 있어!"
천천히, 느리게, 용기 내서.
"제가 읽은 책은 ~ 입니다."
와아-짝짝짝

오늘 배운 건 '천천히 하면 뭐든 다-된다'

-열 살 슈퍼거북, 박가은

천천히 느리게, 꽃에 물을 주자.
천천히 느리게, 수영을 하자.
천천히 느리게, 목욕을 하자.
천천히 느리게, 휴식을 취하자.
천천히 느리게, 나의 생활을 즐기자.

-열 살 슈퍼거북, 김나윤

천천히 느긋느긋 하루를 보낸다.
천천히 살면
대충 알던걸
확실히 알 수 있다.
천천히 느긋느긋 하품도 하며 하루를 보낸다.
-열 살 슈퍼거북, 공태희

아무리 빨라도
귀찮아하면 느림보

아무리 느려도
열심히 하면 날쌘이
-열 살 슈퍼거북, 김은혁

오늘은 안녕한 날

"안녕한 날? 에이-선생님, 안녕한 날이 뭐예요? 하루 종일 인사하는 날이에요?"

안녕 安寧
'아무 탈 없이 편안한 상태'를 이르는 말이라고 하였습니다.

"아, 그래서 안녕하세요?라고 인사한 거였어요?"

오늘도 안녕한 하루를 보내보자 말합니다.

1교시 국어 시간.
오늘부터 3일 동안 트리나 폴러스의 《꽃들에게 희망을》을 읽어주려고 합니다.

《꽃들에게 희망을》, 트리나 폴러스, 시공주니어

아주 옛날, 작은 호랑 애벌레 한 마리가
오랫동안 아늑한 보금자리가 되어 주었던
알을 깨고 나왔습니다.
"세상아, 안녕."
작은 호랑 애벌레가 알에서 깨어 나와

환한 세상 속으로 나오는 것으로 이야기가 시작됩니다.

배가 고픈 호랑 애벌레는 초록 나뭇잎을 먹고 또 먹으며 무럭무럭 자랐습니다. 그저 먹으며 자라기만 하는 것이 따분해진 호랑 애벌레는 정든 나무에서 기어 내려와 새로운 것을 찾아다닙니다. 그러다 하늘로 치솟고 있는 커다란 기둥을 발견하게 됩니다. 꿈틀거리며 서로 밀고 올라가는 애벌레 더미, 바로 애벌레 기둥이었습니다.

애벌레 기둥 속으로 들어간 호랑 애벌레는 사방에서 떠밀리고 차이고 밟혔습니다. 애벌레들은 더 이상 친구가 아니었습니다. 이제 그들은 위협과 장애물일 뿐이었습니다. 오로지 남을 딛고 올라서야 한다는 생각이 참으로 큰 도움이 되었고 호랑 애벌레는 점점 더 높은 곳으로 올라가고 있는 듯한 기분을 느꼈습니다.

"궁금한 것이 있나요?"

"도대체 그 꼭대기에는 무엇이 있을까요?"

"꼭 다른 애벌레를 밟고 올라가야만 했을까요?"

구름 속에 감춰져 보이지 않는 애벌레 기둥 꼭대기에는 '또 다른 세상', '꽃' '애벌레들의 밥'이 있을 것 같다고 말합니다.

"애벌레들의 밥은 사람들의 돈 같은 거네요? 먹고 사는. 그럼 돈을 많이 벌기 위해서는 저렇게 친구들을 밟고 올라가도 되는 거예요?"

"내가 먼저 성공해야지."

"나 같으면 그냥 성공 안 할래. 저렇게 밟고 올라가야 하는 거라면 그냥 포기할래."

아이들의 의견이 분분합니다.

'청소년 정직, 윤리의식 실종'이라는 동아일보의 기사를 읽어보기로 했습니다. 신문 기사를 읽고 알게 된 점을 간추려 써보고 나의 생각도 써보기로 합니다. 아이들에게 다소 어려울 수 있는 기사였지만 같이 읽고 토의하며 기사의 내용을 이해하였습니다. 전국의 절반이 넘는 고등학생들이 이웃의 어려움과 관계없이 나만 잘살면 된다고 생각한다는 기사였습니다.

우리 반의 생각은 어떤지 질문해보았습니다.

"수학 문제를 가장 잘 푼 학생 한 명에게 선생님이 상품을 주려고 해요. 그런데 그때, 친구가 수학 문제를 가르쳐 달라고 한다면 여러분은 가르쳐줄 수 있나요?"

자기 생각을 적고 칠판에 붙여 보았습니다. 가르쳐 줄 수 있다는 친구들이 많았습니다.

〈Yes〉

-수학 문제를 재미있게 배우려고 문제를 푸는 것이지 상품을 받으려고 하는 것은 아니기 때문에.

-답을 가르쳐 주는 것이 아니라 어떻게 푸는지 방법을 가르쳐 주는 것이라면 나는 Yes를 선택하겠다.

-같이 선물을 받으면 같이 행복하니까.

-나만 잘하겠다고 생각하면 다음에 친구도 그럴 거 같아서.

하지만 가르쳐 줄 수 없다는 친구들의 이유도 납득이 됩니다.

〈No〉

-스스로 하지 않으면 원하는 미래의 모습이 될 수 없으니까.

-미안하지만 나도 상품을 받고 싶어서.

-친구가 그 문제를 모른다는 것은 선생님 설명을 안 들었다는 말이다.

마지막 은혁이의 답변에 모두 웃음이 터졌습니다.

"다른 애벌레를 짓밟는 방법 외에 구름 위를 올라갈 수 있는 방법은 무엇이 있을까요?

"애벌레들이 나뭇잎을 하나씩만 가져와서 나뭇잎 기둥을 만들어 올라가요."

"모두 나비가 되어 날아갈 수 있을 때까지 기다려요."

"힘을 합쳐서 사다리를 만들어 올라가요."

아이들이 협력을 이야기합니다.

과학 시간, 배추흰나비를 처음 만나는 시간입니다.

"배추흰나비야, 안녕?"

배추흰나비가 안녕安寧 하기 위해 필요한 것과 주의할 점을 생각해 보기로 합니다. 교실에서는 사육 상자를 만들어 배추흰나비를 관찰해 보기로 하고, 학교 뜰에 케일을 심어 자연에서 태어난 배추흰나비도 관찰하기로 했습니다.

"사육 상자는 우리가 관찰하기에는 좋지만, 배추흰나비들에게는 감옥이겠어요."

"우리가 잘 키워서 날려 보내주자!"

배추흰나비가 교실에서 안녕히 잘 자라주길 바라봅니다. 이제 한 달 동안 성장 과정을 함께 하게 될 배추흰나비들에게 한마디씩 써주기로 하였습니다.

-배추흰나비야, 우리가 조심히 관찰할 테니까 겁먹지 말고, 화이팅!
-배추흰나비야, 예쁘게 자라서 훨훨 날자. 응원할게.
-배추흰나비 애벌레야, 얼른 커서 자유를 만끽하렴.
-배추흰나비야, 너는 대단한 일을 하게 될 거야.

배추흰나비야, 안녕? 이렇게 따뜻한 마음이 가득한 3학년 2반에 온 걸 환영한단다.

오늘은 안녕한 날입니다.

너는 대
단 한 일을 하
게 될 꺼 야
최민성

오늘은 견디는 날

과학 3단원. 동물의 한살이와 도덕 3단원. 인내하며 최선을 다하는 삶을 함께 공부하고 있습니다.

과학 시간, 오늘은 배추흰나비의 번데기를 자세히 관찰하였습니다. 애벌레들이 케일 잎을 먹고 무럭무럭 자라 어느새 이곳저곳에 번데기로 자리를 잡았습니다.

"선생님, 배추흰나비 죽은 거 아니에요?"

"전혀 움직이지 않아요."

"아니야. 10일쯤 지나면 나비가 될 거래."

자세히, 자세히 보고 번데기의 모습을 기록했습니다. 나비가 되어 훨훨 날아다닐 모습을 상상하면서요.

국어 시간, 아이들에게 《꽃들에게 희망을》 뒷부분을 읽어주었습니다. 애벌레 기둥으로 다시 올라간 호갈애벌레를 찾아다니던 노랑 애벌레는 나무에 가만히 매달려 있는 번데기를 만나게 됩니다.

"애벌레에게 그런 미래가 있다는 것을 어떻게

믿을 수 있나요? 내 눈앞에 보이는 것은 털 뭉치에 갇힌 벌레뿐인데…"

"나를 잘 보렴. 고치를 만들고 있잖니? 내가 마치 갇혀있는 것처럼 보이겠지만 고치란 꽃처럼 피는 것이 아니란다. 나를 지켜보는 이들의 눈에는 아무런 변화가 없는 것처럼 보이겠지만 사실은 쉼 없이 변화가 계속되어 나비로 거듭나는 거야. 다만 참고 기다리는 마음이 있어야 하지."

고치 속에서 끊임없이 변화하며 나비가 될 날을 기다리고 있는 번데기에게 편지를 써보기로 했습니다.

"확신이 없어 두려운 번데기에게"

아이들의 글을 읽는 데 감동이 밀려왔습니다.

"모두 다 썼나요? 이제 발표해봅시다.

그런데 번데기라는 단어에 자신의 이름을 넣어서 편지를 읽어봅시다."

"네? 자기 이름을요?"

"두려움이 많은 고경이에게. 고경아. 예쁜 나비가 되어 훨훨 날아."

"나원아. 너는 분명히 날개가 크고 어여쁜 귀여운 나비일 거야."

"상현아. 네가 고치에서 인내하고 참으면 아름다운 나비가 되어 꽃들에게 희망을 줄 수 있을 거야."

매일 매일 학교에 와서 열심히 공부하는 아이들. 아이들 모두가 세상을 꽃으로 가득 채울 나비들이 될 거라 말하였습니다. 지금은 아무런 변화가 없는 매일 매일 똑같은 일상 같아 보이지만, 아름다운 날개를 만들고 있는 중이라 하였습니다.

미술 시간, 지금 떠오르는 것을 자유롭게 표현해보기로 했습니다. 바다 위를 훨훨 날아다니는 나비, 고치 속에서 열심히 때를 기다리는 번데기, 세상에 가득 찬 꽃들. 아름다운 세상이 하얀 도화지 속에 표현되었습니다.

아이들이 고치 속에서 '진정한 나'를 찾기를 바랍니다. 진정한 나를 찾아 나비가 되면 아직 '나'를 찾지 못해 방황하는 친구 애벌레를 번데기가 될 수 있도록 끌어주고 기다려주길 바랍니다. 그렇게 너도, 나도 나비가 되어 세상이 밟고 밟히는 애벌레 기둥이 아닌 예쁜 꽃들로 가득 차길 바랍니다.

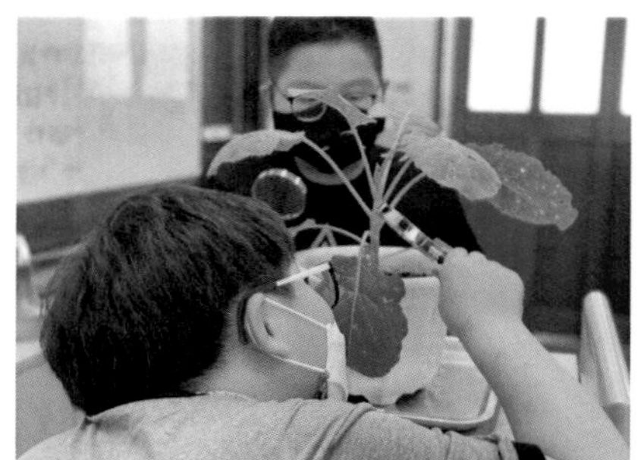

규태에게

규태야.

나비가 되면

번데기 속의 답답함이 풀릴거야.

힘차게 날아봐.

넌 할 수 있어.

2021년 5월 21일 금요일 견디는 날

규태가

확신이 없이 두려운 은혁이에게

은혁아, 안녕?

나는 김은혁이라고 해.

너는 지금 가장 아름다운 존재가 될 준비를 하고있지?

물론 확실하지 않아 두려울 수 도 있어.

왜냐하면 다시 애벌레 생활로 돌아갈 수 없으니까.

하지만 나는 알아.

네가 꼭 가장 아름다운 존재가 될 수 있다는 사실을.

그럼 이만.

2021년 5월 21일 금요일 견디는 날

은혁이가

연서에게

안녕, 연서야? 나 연서야.

연서야.

열심히 참고 나비가 될 준비가 된 걸 "축하해!"

연서야. 힘내! 내가 응원할게.

연서야. 조금만 견뎌봐! 곧 나비가 될거야.

연서야. 사랑해! 꼭 건강했으면 좋겠다.

연서야. 넌 나비가 되어서 행복할거야.

연서야. 넌 참 예쁘고 멋져!

연서야. 세상밖에 나올 때 꼭 응원할게.

진짜 사랑해. 고마워,

2021년 5월 21일 금요일 견디는 날

연서가

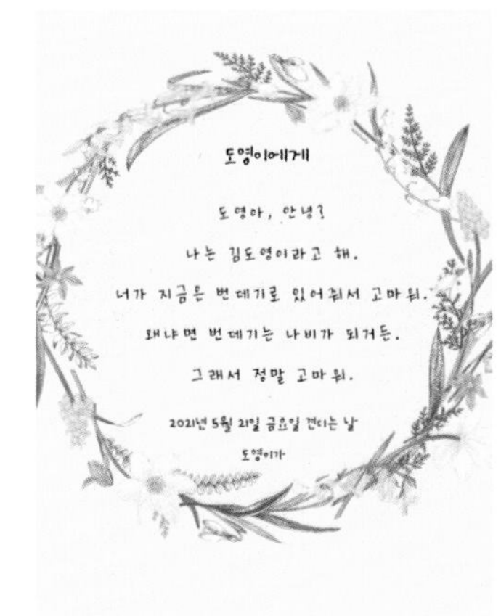

도영이에게

도영아, 안녕?

나는 김도영이라고 해.

너가 지금은 번데기로 있어줘서 고마워.

왜냐면 번데기는 나비가 되거든.

그래서 정말 고마워.

2021년 5월 21일 금요일 견디는 날

도영이가

나원이에게

안녕?아름다운 나원아?

나원아. 너는 커다란 노력 끝에 나비가 될 수 있을 거야. 그리고 넌 분명히 날개가 크고 어여쁜 귀여운 나비일거야.

고치인 너는 죽은것 처럼 보이지만 안 속은 커다랗고 따듯할것이고, 작고 작은 평범한 너의 마음이겠지만 너에겐 따뜻하고 멋진 호수일 테니까.

난 노력하는 네가 참 좋아. 하지만 노력하다보면 힘들때도 있지. 힘들 때는 미래의 희망의 꽃같은 너를 생각해봐.

너의 미래에는 마음 속에 빛이 내리고 있을껄?

그럼 이만.

미래 속엔 꽃처럼 아름다울 너, 고치에게

2021년 5월 21일 금요일 견디는 날

승주에게

승주야.

너가 어떻게 실로 고치를 만들지도 모르겠고

어떻게 계속 그 자리에 남아 있을지도 모르겠지만

너는 고치에서

가만히 있어도

항상 꽃들에게 희망을 준단다.

그럼 안녕.

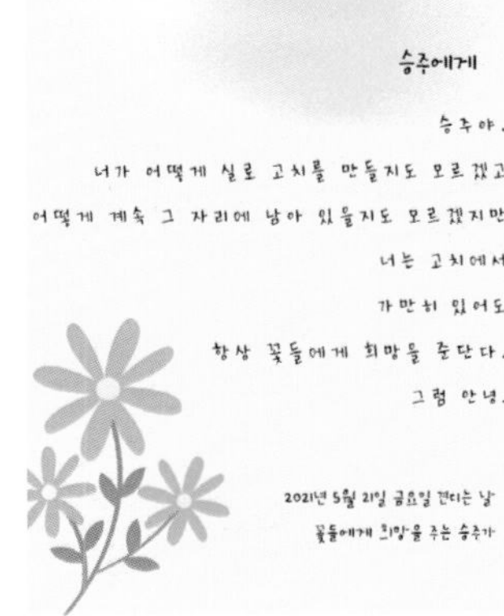

2021년 5월 21일 금요일 견디는 날

꽃들에게 희망을 주는 승주가

오늘은 다르지만 같은 날

봄비가 내립니다.

"얘들아, 우산 들고 나가자."

"네? 비 오는데요?"

"우리 비 오는 날 맨발 걷기 하자."

비 내린 운동장 흙은 더 부드럽게 느껴집니다.

"선생님, 폭신폭신해요."

"선생님, 너무 촉촉해요."

"선생님, 행복해요."

아이들의 웃음소리에 기분이 좋아졌습니다. 첨벙첨벙, 흙탕물에 발을 담가보기도 하고 아주 커다란 운동장 도화지에 발가락으로 그림을 그려보기도 했습니다. 3-2반이라고 적은 글씨를 은혁이가 3+2반으로 바꾸었습니다. 가람이가 3+2반=♡로 이어 그려봅니다.

"15÷3은? 내가 낸 문제 맞춰봐."

운동장은 수학 공책이 되었습니다.

"얘들아, 여기 도와줘! 물이 부족해."

아이들이 물길을 만들어 물웅덩이들을 이어갑니다.

비 오는 날 운동장은 체육 시간이었다가 미술 시간이었다가 수학 시간이었다가 과학 시간이었다가, 아이들의 생각대로 흘러갔습니다.

교실로 들어와 운동장에서 찍은 사진들을 보며 글을 썼습니다. 알록달록 예쁜 우산, 24개의 우산이 제각각 다른 모습입니다.

"우산이 정말 다-다르네요."

"모두 다 달라서 예뻐요."

모두
다 달라서
예쁘다.

《곰이 강을 따라갔을 때》
리처드 T. 모리스, 소원나무

참 예쁜 말입니다.

아이들에게 그림책《곰이 강을 따라갔을 때》를 읽어주었습니다.

어디로 흘러가는지 아무도 모르는 강, 밤이고 낮이고 계속해서 흘러가는 그 강을 따라가는 곰 한 마리가 있습니다.

강물에 빠진 곰은 자신에게 친구가 참 많다는 걸 모르고 사는 외로운 개구리를 만나게 됩니다.

강물에 빠진 곰과 외롭던 개구리는 조심성이 많지만, 그래서 통나무배 타기에 재미를 한 번도 느껴보지 못한 거북이를 만나게 됩니다.

강물에 빠진 곰과 외롭던 개구리, 즐거움을 모르던 거북이는 길의 방향을 정확히 알고 있지만 조금도 둘러갈 줄 모르는 비버를 만나게 됩니다.

강물에 빠진 곰과 외롭던 개구리, 즐거움을 모르던 거북이, 앞만 보던 비버는 통나무배 타기를 진정으로 즐기는 너구리와 함께하기를 좋아하는 오리를 만나게 됩니다.

곧 가파른 절벽을 만나게 되지만 곰은 개구리의 손을, 개구리는 거북이의 손을, 거북이는 비버의 손을, 비버는 너구리의 손을, 너구리는 오리의 손을 잡고 강물을 따라 흘러 내려왔습니다.

"선생님, 강물이 아까 저희가 운동장에서 같이 만든 물길이랑 비슷하게 생겼네요."

그림책을 보며 다른 것과 같은 것을 찾아보자 하였습니다.

"무엇이 다른가요?"

-동물들의 생김새가 다 달라요.

-동물들이 사는 곳이 달라요.

-동물들의 크기가 다 달라요.

-동물들의 색깔이 다 달라요.

-동물들이 먹는 음식이 다 달라요.

-동물들의 성격이 다 달라요.

"그럼 무엇이 같은가요?"

-다 다르게 생겨도 모두가 동물이라는 사실이요.
-통나무를 함께 탔다는 것이요.
-그 통나무를 타고 모두 즐거워한 거요.
-모두가 강을 따라 흘러가고 있다는 거요.
-시간이 흘러가는 거요.
-손을 잡아주는 마음이요.

"우리는 무엇이 다르고, 무엇이 같은가요?"

아이들은 《곰이 강을 따라갔을 때》의 동물들과 우리들의 모습이 같다고 말하였습니다. 모두 모습이 다르고 사는 곳이 다르고 성격도 다르지만 모두가 강물처럼 흘러가는 삶을 살아가고 있다고 하였습니다.

같은 시간 속에 살아가는 우리가, 제각각 다른 서로의 손을 잡아주는 따뜻한 마음을 가진 것이 같다고 하였습니다.

"오늘은 무슨 날이라고 할까요?"

"다른 날!"

"같은 날!"

"선생님, 다르지만 같은 날 어때요?"

"너무 멋진 날이다."

오늘을 '다르지만 같은 날'이라 하였습니다.
이번 주는 다문화 이해 교육 주간입니다.

오늘은 소망하는 날

"달님을 다시 데려다주세요, 잉잉"

아이들에게 그림책 《달이 사라졌다》를 읽어주었습니다.

밤새 하늘을 지켜도 아무도 봐주지 않아 서러운 달님, 조용히 짐을 챙겨 숲속 오두막으로 숨어버렸습니다. 우당탕 쿵쾅, 달님이 사라져 어두워져 버린 세상 속에서 동물들은 서로 부딪치고 넘어지고 난리가 났습니다.

"달님을 찾습니다! 달님을 보신 분은 꼭 연락 주세요!"

여기저기 달님을 찾는 포스터가 붙어 있습니다.

2021년 5월 26일 수요일, 사라진 달님을 찾습니다! 오늘은 '핏빛 슈퍼문', 3년 만의 개기월식을 볼 수 있는 날입니다.

어젯밤 뉴스를 보여주었습니다.

"와아-빨간색 달이라니?"

"오늘 밤에 이런 달이 뜬다구요?"

아이들에게 어제의 중앙일보 신문 기사를 나누어 주었습니다.

'내일 밤 3년 만의 개기월식… '핏빛 슈퍼문' 뜨는 시간은'

[26일 오후 달이 지구 그림자에 완전히 가려지는 개기월식 현상을 볼 수 있다. …

지구 대기를 통과한 햇빛 중 파장이 가장 짧은 파란 빛은 산란하고, 파장이 가장 긴 붉은 빛만 도달하기 때문이다…]

모르는 낱말이 참 많습니다. 〈국어 7단원. 반갑다, 국어사전〉을 공부하고 있습니다. 신문 기사를 읽고 모르는 낱말의 뜻을 찾아보기로 하였습니다.

"선생님, '산란하다' 찾으니까 두 개가 나오는데 뭘 적어야 해요?'

산란하다 1. 알을 낳다

산란하다 2. 흩어져 어지럽다.

"빛 이야기니까 두 번째 뜻 아니야? 갑자기 알을 낳는 이야기가 나오면 이상하잖아?"

아이들이 의견을 주고받으며 기사 속에서 낱말의 뜻을 유추해보았습니다.

"선생님, 그런데 '슈퍼문'이라는 낱말은 사전에 없는데요? '블러드문'도 없어요!"

"슈퍼문은 영어로 큰 달을 뜻하는 super moon을 소리 나는 대로 쓴 말이 말이에요. 이런 낱말은 국어가 아니라 외국어라고 하지요."

"선생님, 그런데 여기 버스(BUS)는 있는데요? 스팸(spam)이라는 말도 국어사전에 있는데요?"

사전에서 외국어와 외래어의 뜻을 찾아보기로 했습니다.

-외국어 : 다른 나라의 말로 아직 국어로 정착되지 않은 단어
-외래어 : 다른 나라의 말로 국어에서 널리 쓰이는 단어

두 가지의 차이에 대해 알아보았습니다.

"선생님, 그럼 텔레비전도 외래어네요? 피아노도 외래어네요?"

"그럼 하이(hi)는 외국어죠?"

외국어와 외래어의 차이를 알게 되었습니다.

모르는 낱말의 뜻을 찾아보고 다시 기사를 읽으며 이해해봅니다. 그리고 〈5단원. 중요한 내용을 적어요〉에서 배운 대로 신문 기사 내용을 간추려 요약해 보기로 하였습니다. 아이들은 각 문단의 중심 문장을 찾고 중심문장을 엮어 내용을 간추렸습니다.

사회 시간, 우리 고장의 주요 장소를 백지도에 나타내어 보기를 공부합니다. 어제 배운 디지털 영상지도의 여러 가지 기능을 활용하여 우리 고장의 주요 장소를 찾고 이를 백지도에 나타내면 됩니다.

오늘의 미션!

"오늘 밤 개기월식을 구경가려고 합니다. 저녁 나들이 계획을 백지도에 나타내어 보시오."

"달을 어디에서 보면 잘 볼 수 있을까요?"

"이월드 83타워처럼 높은 곳이요!"

"그런데 그런 곳은 사람이 많이 모일 수도 있잖아요."

"공원처럼 건물이 많이 없는 넓은 곳이요."

"대구에 공원이 어디 어디 있지?"

우리 고장에서 개기월식을 볼 수 있는 좋은 장소를 찾아보고 지도에 나타내어 보기로 했습니다. 길 찾기 기능을 사용하여 우리 집에서 얼마나 걸리는 곳인지도 알아보기로 합니다. 또, 그 주변의 맛집이나 놀거리가 있다면 추가하여도 좋다고 하였습니다.

"걸어서 5분 거리에 신암선열공원이 있네. 공원에다 높은 곳. 여기서 보면 되겠다."

"나는 남구에 있는 앞산 해맞이공원에 가볼래. 남구는 동구에서 얼마나 멀지?"

대구의 여기저기 주요 장소들을 탐색해보았습니다.

오늘은 소망하는 날. 달님에게 소원 한가지씩 말해보자 하였습니다.

-아빠랑 결혼하게 해주세요.
-우리 가족 오래오래 살게 해주세요.
-공휴일에도 학교에 오게 해주세요.
-안전하게 코로나가 지나가게 해주세요.

오늘 밤 8시부터 9시까지 충주고구려천문과학관 유튜브 채널 '별 박사의 우주 3분'에서 슈퍼문 개기월식을 생중계할 예정이라고 합니다. 야외에서, 우리 집 창문 너머로, 유튜브 방송으로 3년 만에 찾아온 개기월식을 관측할 수 있기를 바랍니다.

오늘 숙제는 '개기월식 보고 재미있는 이야기 쓰기'입니다. 글쓰기 공책에 쓰일 이야기들이 무척이나 기대됩니다. 아이들의 무한한 상상력을 기다립니다.

오늘은 끌어당기는 날

피터 레이놀즈의 《단어 수집가》를 읽으며 하루를 시작합니다.

누군가는 우표를 모으고, 누군가는 돌멩이를 모으고, 누군가는 예술품을 모읍니다. 그런데 제롬은 낱말을 모읍니다. 단어 수집가.

관심이 가는 단어, 눈길을 끄는 단어, 책을 읽다 톡 튀어나온 단어, 소중한 단어, 신기한 단어. 제롬의 낱말책은 나날이 두툼해졌습니다.

그러던 어느 날 제롬은 낱말책을 옮기다 그만 넘어지고 말았습니다. 뒤죽박죽된 낱말카드.

코뿔소 옆에 밀라노,
파랑 옆에 초콜릿,
슬픔 옆에 꿈.

《단어수집가》, 피터 레이놀즈, 문학동네

나란히 있을 거라곤 상상도 하지 않은 단어들을 모아 시를 썼습니다. 제롬은 날마다 단어를 모으고 모았습니다. 그리곤 낱말들을 모두 날려 보냈습니다. 바람에 실려 온 단어들은 모두의 것이 되었습니다.

제롬은 행복했습니다.

"여러분은 어떤 단어를 수집하고 싶나요?"

아이들에게 독서기록장에 수집하고 싶은 단어들을 생각나는 대로 적어보자고 하였습니다.

향기 / 행복 / 공기 / 자연 / 겁나는 / 화가 난 / 든든한 / 무서운 / 불안한 / 자신감 있는 / 억울한 / 반가운 / 만족스러운 / 생명 / 동물 / 사람 / 소중한 / 대한민국

아이들이 수많은 단어들을 수집했습니다.

"이제 옆에 앉은 친구와 공책을 바꾸어 봅시다. 그리고 긍정적인 단어에는 동그라미를, 부정적인 단어에는 세모 표시를 해주세요."

"선생님, 공룡이랑 펭귄 이런 거는 긍정적인 단어에요? 부정적인 단어에요?"

"그 단어를 쓴 친구에게 물어보세요. 그 친구에게 공룡, 펭귄이라는 단어는 어떤 의미가 있는지."

"나는 세상에서 제일 좋아하는 동물이 펭귄이거든. 그래서 펭귄은 나에게 긍정적인 단어야."

하나의 단어를 놓고 자신의 이야기를 하기도 하고, 친구의 이야기를 들어주기도 하였습니다.

"우리가 수집한 단어로 낱말사전을 만들어봅시다. 노란색 종이에는 긍정적인 단어를, 초록색 종이에는 부정적인 단어를 적어주세요."

아이들이 적어 준 단어들을 모았습니다.

2교시 과학 시간, 〈4단원. 자석의 이용〉을 공부하고 있습니다. 자석에 붙는 물체에는 어떤 것이 있을지 알아보기로 합니다. 유리컵, 쇠못, 플라스틱 빨대, 철 용수철, 고무 등을 자석을 대 보며 물체가 자석에 붙는지 관찰해보기로 하였습니다.

"철로 만든 물체는 모두 자석에 붙네요?"

이번에는 클립을 골고루 부어놓고 막대자석을 대 보며 자석에서 클립이 많이 붙는 부분이 어디인지 관찰해보았습니다.

"양쪽 끝에 많이 붙어요."

"그 부분, 철로 된 물체가 많이 붙는 부분을 자석의 극이라고 한답니다."

두 가지 실험을 끝내고 아이들에게 1교시에 만든 단어 카드를 나누어 주었습니다. 모둠별로 긍정적인 단어 카드와 부정적인 단어 카드를 골고루 나누어 줍니다.

"지금부터 자석에 붙는 물체를 찾아 단어 카드를 붙여주세요."

아이들이 가윗날, 철이 든 빵끈, 집게 핀 등 자석에 붙는 물체를 찾아 카드를 붙였습니다. 책상 위에 뒤죽박죽 섞인 단어 카드가 놓여 있습니다.

"단어 카드 위로 자석을 갖다 대어 볼까요?"

"우와-선생님, 종이인데 자석에 붙었어요!"

"뒤에 철로 만든 물체가 붙어 있어서 그런 거 아니야?"

철로 된 물체와 자석 사이에 종이와 같은 물질이 있어도 자석은 철로 된 물체를 끌어당길 수 있음을 알게 되었습니다.

"자, 지금부터 자석으로 단어 카드를 끌어당겨 볼까요? 책상 위에 놓인 단어 중에 부정적인 단어와 긍정적인 단어를 각각 2~3개씩 끌어와 봅니다."

하얀 도화지 위로 아이들이 끌어당겨 온 긍정적인 단어와 부정적인 단어들이 뒤섞여 있습니다.

"도화지를 반으로 접어봅시다. 한쪽에는 부정적인 단어들을 붙이고 그 단어들에 둘러싸인 자신의 모습을 그려보세요. 다른 한쪽에는 긍정적인 단어들을 붙이고 그 단어들에 둘러싸인 자신의 모습을 그려봅시다."

아이들은 부정적인 단어를 읽으며 슬프고 힘든 마음을, 긍정적인 단어를 읽으며 밝고 희망찬 마음을 느꼈다고 하였습니다.

"오늘 무슨 날인지 다 같이 읽어볼까요?"

오늘은 끌어당기는 날.

세상에는 '끌어당김의 법칙'이 존재한다고 말해주었습니다. 우리는 자성이 있는 자석과 같다고 하였습니다. 그중 자성이 가장 강한 곳, 우리의 극은 바로 '생각'임을 말해주었습니다. 우리 생각은 자성이 매우 강해서 부정적인 생각은 부정적인 생각들을, 긍정적인 생각은 긍정적인 생각들을 끊임없이 끌어당긴다 하였습니다.

"선생님, 화가 나면 짜증이 나고, 짜증이 나면 친구에게 화풀이하게 되고, 친구에게 화풀이 하면 선생님께 혼나고. 나쁜 일만 일어나요."

"선생님, 종이가 있어도 자석이 철로 된 물체를 끌어당기는 것처럼, 우리가 좋은 말을 강하게 끌어당기면 중간에 안 좋은 일이 생겨도 결국엔 좋은 일을 끌어당길 거예요."

"여러분은 어떤 단어를 수집하고 싶나요?"

"예쁜 단어요."

"소중한 단어요."

"아름다운 단어요."

아이들은 살아가면서 수많은 단어를 만나게 될 것입니다. 아이들이 되도록 긍정적인, 아름다운 단어를 많이 만나기를 바랍니다. 나날이 두툼해져가는 마음속 '아름다운 단어 사전'이 행복한 하루하루를 끌어당겨 주기를 소망합니다.

〈끌리는 날〉

김가람

자석이 철로 만든 것을 끌어당기듯이
나도 재미있는 과학 수업에 끌린다.

자석이 긍정단어 카드를 끌어당기듯이
나도 긍정적인 말이 끌린다.

〈내 마음 속 돌멩이〉

손나원

단어 수집가는
우리에게 별처럼 수놓아진
단어들을 사가사각 써가며
수집하는 사람.

나는 매끈매끈
내 마음에 드는
신기한 돌멩이들을 모은다.

언젠가 내가 엄청나게 원하던
그 돌멩이를 찾을 수 있겠지?
단어 수집가처럼.

〈내 생각〉

박가은

끌어당김의 법칙이란
내 생각으로 만들어지는 것.

긍정적으로 생각하자.
모든 것은 내 생각에 달려있다.

〈단어 수집하는 날〉

금혜진

즐거운 단어 수집
예쁜 단어 수집
긍정적인 단어 수집
고운 말 단어 수집
난 행복하다

부록.

만년 신규 교사의 무작정 책쓰기

1년 차 신규교사, 아이들과 무작정 책을 쓰기 시작했습니다.
아이들의 마음의 소리에 귀를 기울였고
아이들이 쓰고 싶어 하는 것은 무엇이든 인정해 주었습니다.
아이들의 삶 자체가 '책'이 된다는 것을 알게 된 그때의 그 마음을
늘 간직하고 싶습니다.
아이들과 처음 책을 쓰기 시작했던 그 초심으로
앞으로도 아이들과 '무작정' 책을 쓰고 싶다는 생각으로
저의 책 쓰기 이야기를 '만년 신규교사의 무작정 책쓰기'라
하였습니다.

신규교사의 무작정 책쓰기

신규교사와 책 쓰기의 첫 만남

"신규 발령을 축하드립니다."

2016년 대구의 달성군에 위치한 전교생 290명쯤 되는 소규모 학교에서 3학년 2반 담임선생님이 되었습니다.

"선생님 업무는 인문·독서 교육이고, 책 쓰기 동아리를 맡게 되었어요."

모든 게 낯선 첫 학교에서 '책 쓰기'를 처음 만났습니다. 그때 책 쓰기는 저에게 주어진 업무 중 하나에 불과했습니다. 어떻게 해야 하지? 독서 동아리면 책을 함께 읽으면 될 테지만 책 쓰기라니. 책 쓰기는 곧 글쓰기였고, 글쓰기는 제가 초등학교 때부터 가장 두려워하던 것이었습니다.

가을.
칠판에 적힌 두 글자. 오늘의 글쓰기 주제다.
'자, 지금부터 한 시간 동안 가을에 대해서 써볼까?'
'가을? 뭐라고 쓰지?'
'처음에 어떻게 시작해야 하지? 나는 글을 잘 못 쓰는데...'

소심했던 저는 글쓰기 시간만 되면 머리가 지끈지끈 아파져 왔습니다.

그런 활동을 1년 내내 하는 '책 쓰기 동아리' 운영이라니! 벌써 머릿속에 떠오르는 건 아이들의 지루하고 하기 싫은 표정이었습니다. 발령이 나기 전 제가 꿈꾸던 학교생활은 '아이들과 그저 즐겁고 행복한 시간을 보내는 것'이었는데…

'영화동아리나 종이접기 부 이런 거였으면 얼마나 좋았을까?' 하며 운영계획서를 물끄러미 바라보다 문득 떠오른 것은 바로 '북 아트'였습니다. 예쁜 종이에 글을 옮겨 쓰고 오리고 붙이면서 책을 만들면 얼마나 재미있을까? 1년 동안 아이들과 다양한 책을 만들어볼 생각에 들뜨기 시작했습니다.

그렇게 처음 동아리 운영비로 3권의 북아트 책을 샀습니다.

"오늘 함께 읽은 『책 먹는 여우』로 엽서 책을 만들어볼까요?"

"오늘은 『무지개 물고기』 줄거리를 적어서 신기한 터널 책을 만들어볼까요?"

아이들은 북아트 시간을 즐거워했고 아이들의 창의력이 쑥쑥 자라는 것만 같았습니다. 그런데 문득 이런 생각이 들었습니다. '책 만들기 동아리가 아니라 책 쓰기 동아리인데, 우리 반 아이들은 지금까지 왜 책을 만들고만 있는 걸까?' 아이들이 만든 책은 예쁘고 화려했지만, 책 속의 글에서 아이들의 생각이나 마음을 읽을 수는 없었습니다.

'아, 뭔가 잘못되었다.'

그 순간 아이들에게 물었습니다.

"혹시 책 쓰고 싶은 사람 있니? 자기만의 그림책을 만들고 싶은 사람 말이야."

어떤 이야기를 쓰든 '좋다'

7명의 아이들이 손을 들었습니다. 그렇게 아이들과의 책 쓰기가 시작되었습니다. 어떻게 글쓰기 지도를 했냐구요? 책이 완성되기까지 단 한 번도 글쓰기 지도를 한 적이 없습니다. "너는 뭐에 대해서 쓰고 싶어? 자유롭게 써오렴. 네가 쓰고 싶은 건 뭐든지 괜찮아."라고 말할 뿐이었습니다.

"선생님, 저는 물놀이 할 때 지켜야 될 안전수칙에 관련된 동화책을 쓰고 싶어요."

"좋아."

"선생님, 제가 아끼는 노랑 필통이 있는데요. 그 필통이 주인공인 책을 쓰고 싶어요."

"좋아."

"선생님, 저는 햄버거를 만드는 과정을 적어볼래요."

"좋아."

어떤 이야기든 "좋다"고 말한 것, 그것이 제가 아이들에게 해준 글쓰기 지도의 전부였습니다. 아이들의 글을 적절히 배치하여 A4 용지에 프린트해 주고 자신의 글에 삽화를 그려오라고 하였습니다. 그렇게 모은 그림을 스캔해서 한 권의 책을 만들어 주었습니다. 7권의 그림책이 완성되었습니다.

이렇게 만든 그림책을 아침 시간, 쉬는 시간에 반 친구들에게 읽어 주었습니다. 그중에 아이들에게 읽어 주었을 때 제일 재미있었던 책 한 권을 소개하려고 합니다.

어떠셨나요? 저는 그 당시에 참 많이 놀랐습니다. 지금 저에게 '똥파

글·그림 박서영

윙~윙~

누구야?

내 눈 앞에 똥파리가 윙~윙~ 날아다녔다.

파리채로 파리를 향해 휘두르다가 그만 침대에서 넘어져버렸다.

파리가 날 놀리고 있는 것이 분명하다.

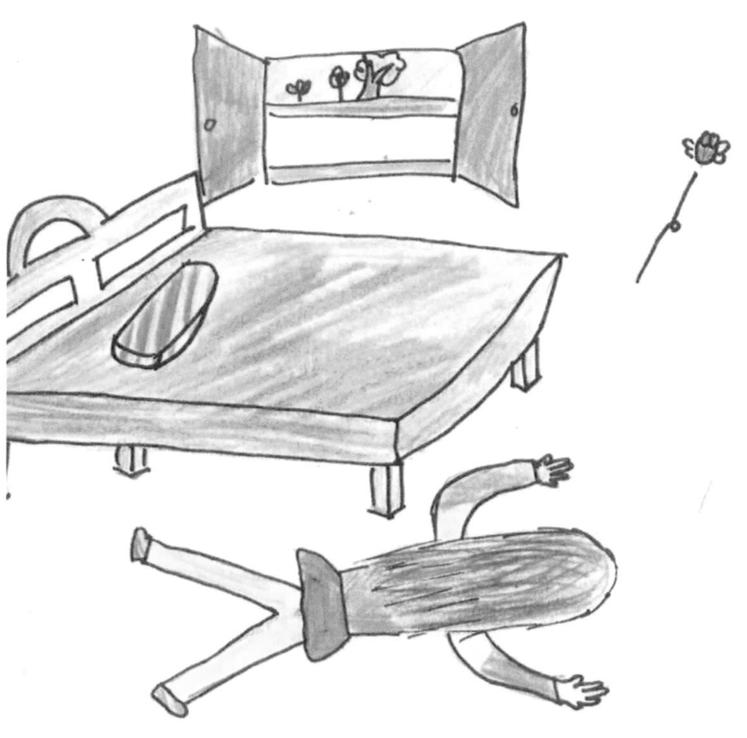

'내 방안에서 꼼짝도 못할걸? 넌 내 손 안이야!'
내 방의 방문, 창문을 몽땅 닫아버렸다.
똥파리는 나갈 틈이 없자 이리저리 날아다닌다.
그때, 어디선가 들려왔다.
"딸~ 밥 먹어야지!"
'헉, 엄마다! 어떻게 하지? 아, 모르겠다. 그냥 못들은 척하고 계속 파리나 잡아야지!'

"딸, 못 들었어? 밥 먹어야지. 엄마 들어간다."하며

문이 열리는 순간!

난 파리가 아닌 엄마의 얼굴을 때리고 말았다.

엄마의 얼굴은 부글부글, 나는 다리가 후덜덜.
당연히 꾸중을 들어야 한다.
"너! 엄마가 밥 먹으라고 했어? 안했어? 너 못들은 척 힜지? 이 녀석이 아주 그냥 엄마는 놀린다 놀려~"
하...한숨만 나올 뿐이다.

꾸중을 듣고선 식탁에 앉아 밥을 먹는다.
엄마 옆에 파리가 윙~윙~ 날아다니다가 엄마 어깨에 털썩! 앉아 버렸다.
엄마는 간지럼 펀치로 손을 휘~휘~ 휘두르신다.

갑자기 똥파리가 날아다니는 속도가 엄청 빨라지더니
엄마 밥에 털썩! 앉아 버리는 똥파리.
엄마의 주먹이 불끈!
"넌 이제 끝이야!"
엄마가 작은 목소리로 말했다.

끝이야!

엄마는 파리채를 들고 식탁에 붙어있는 똥파리를 향해 휘둘러 댔다. 나도 파리채를 들고와 휘두른다.

엄마와 딸 VS 똥파리.

그래, 누가 이기나 해보자!

엄마가 퍽! 하고 정확하게 똥파리를 맞추어 쓰러트렸다.
웃음을 찾은 엄마와 딸은 평화롭게 다시 앉아 밥을 먹는다.

꼬시다 꼬셔~

그런데 또! **또!** **또!**

파리는 우리를 놀리듯 엄마 얼굴 주위로 윙윙 날아다닌다.

똥파리는 죽은게 아니고 기절한 것이었다.

다시 엄마와 딸 VS 똥파리.

"절대 가만 두지 않겠어!"

엄마는 조심조심 파리가 눈치 채지 않게 다가가...

팍!!

드디어 똥파리가 깨꼬닥!

휴...정말 힘들었다.

정말이지 잡기 힘든 **끈질긴 똥파리**였다.

리'를 주제로 글을 쓰라고 하여도 이렇게 잘 쓸 수 없을 것 같았기 때문입니다. 무엇이든 쓰고 싶은 대로 이야기를 써오라고 했지만 3학년이 이렇게 멋진 글을 써오리라 기대하지 않았거든요. 어떤 글을 써오든 책을 만들어 주는 것이 목표였으니까요.

아이들이 쓴 책의 에필로그를 보면 이렇게 쓰여 있습니다.

처음에 책을 쓰면서 '나는 못 하겠다'라고 생각했는데 다 끝내고 나니 정말 행복합니다. 글을 쓸 때 상상을 하기도 하고 실제로 있었던 일을 떠올려서 쓰기도 했습니다. 제 책이 도서관에 놓인다니 정말 놀랐습니다. 내가 직접 책을 만들었다는 것이 기쁩니다.

-《초등학교를 입학하는 날》 작가 이재인

저는 평소에 글쓰기를 많이 어려워하고 잘하지 못한다고 생각했습니다. 그런데 이렇게 책을 쓰면서 점점 글쓰기가 쉽게 느껴졌습니다. 매번 조금씩 아쉬움이 있어 이야기를 완성하지 못했는데 이렇게 쓰고 나니 성공한 것 같은 기분이 듭니다.

-《노랑이는 나의 영원한 친구》 작가 손지영

저는 작가가 되는 것이 꿈이었어요. 글을 써보니 작가가 된 듯한 기분이 들어서 좋았어요. 책을 만든 순간들이 평생 제 기억에 남을 것 같습니다.

-《끈질긴 똥파리》 작가 박서영

이렇게 글을 쓰는데 재능이 있는 아이들에게, 글을 쓰는 데 흥미가 있는 아이들에게 책 쓰기는 참 의미 있는 경험이 되겠다는 생각을 하며 저의 첫 책 쓰기가 끝이 났습니다.

전담교사의 교육과정 연계 책쓰기

우리학교 베스트셀러 《구슬나루 안전한 생활》

첫 아이를 낳고 1년의 육아휴직 끝에 복직을 했습니다. 아이들과의 추억이 담긴 첫 학교로 돌아오게 되었지요. 과원으로 들어와 소프트웨어 전담 교사가 되었습니다. 담임이 아닌 것이, 책 쓰기 동아리를 맡지 못한 것이 내심 섭섭하긴 했지만 한 해 동안 많은 아이들을 만날 수 있다는 것이 새삼 설레었습니다. 5, 6학년 실과 수업과 1, 2학년 안전한 생활 수업을 맡았습니다. 담임도 아닌데 100여 명의 저학년 학생들을 데리고 안전한 생활 수업을? 아직 나도 잘 모르는 소프트웨어를 가르쳐야 한다고? 신규교사인 저는 막막하기만 했습니다. 그때는 알지 못했습니다. 이 모든 것들이 멋진 책이 될 줄은.

어느덧 방학을 앞둔 여름날이었습니다. 학교 도서관에서 첫해 수정이가 쓴 그림책 《재미있는 물놀이》를 빌려왔습니다.

"오늘은 여름철 물놀이 안전에 대해서 공부해 보도록 할게요."

책 첫 장을 펼치니 2년 전 3학년 수정이의 사진이 보였습니다.

"선생님, 누구예요?"

"지금 5학년에 김수정이라는 언니, 누나가 쓴 책이란다."

"네? 저 그 언니 알아요. 그 언니가 정말 이 책을 썼다구요?"

아이들에게 그림책《재미있는 물놀이》를 읽어주었습니다. 안전한 생활 수업 중 가장 집중한 아이들의 모습이었습니다.

"선생님, 너무 재미있어요. 한 번 더 읽어주세요."

수정이의 그림책으로 여름방학 동안 지켜야 할 물놀이 안전 수칙에 대해 많은 이야기를 나누었습니다.

여름방학을 보내고 2학기 첫 시간이었습니다.

"선생님, 그런데 우리는 5학년 누나처럼 책 안 만들어요?"

"선생님, 우리는 안전한 생활 책 언제 만들어요?"

그렇게 저의 두 번째 책 쓰기는 시작되었습니다. 낙엽이 떨어지고 찬 바람이 불 무렵 1, 2학년 아이들과 그동안 배운 안전한 생활 내용이 어떤 것이 있는지 살펴보았습니다. 지진 안전, 물놀이 안전, 화재 안전, 탈 것 안전, 생활 안전.

"이 중에서 자신이 쓰고 싶은 안전한 생활 하나를 골라볼까요?"

아이들은 배운 내용을 떠올리며 가장 자신 있는 영역을 선택했습니다.

"자, 이제 모둠을 만들어 볼게요. 지진 안전을 선택한 친구들은 1모둠, 물놀이 안전을 선택한 친구들은 2모둠, 화재 안전은 3모둠, 탈 것 안전은 4모둠, 생활 안전은 5모둠으로요."

지금부터 우리는 《구슬 나루 안전한 생활》이라는 책의 작가가 되었다고 하였습니다.

"어떻게 이야기를 쓰는지는 자유예요. 혼자 쓰고 싶은 사람은 혼자 써도 되고, 친구들과 함께 쓰고싶은 사람들은 함께 써도 됩니다. 2명이 되든 4명이 되든 상관없어요."

아이디어가 많이 떠올라 자신만의 이야기를 창작하고 싶은 아이들은 혼자 쓰고 싶어 하고, 글쓰기에 조금 자신이 없는 아이들은 친구들과 함께 글을 쓰고 싶어 했습니다. 아직 한글을 잘 쓰지 못하는 친구를 가르쳐주기도 하고, 친구가 쓴 이야기를 읽고 삽화를 그리기도 했습니다.

이렇게 100여 명의 아이들이 쓴 이야기는 총 5권의 《구슬 나루 안전한 생활》시리즈가 되어 도서관에 꽂히게 되었습니다. 이 시리즈는 반납이 되자마자 대출이 되어 도서관 책꽂이에서 쉽게 볼 수 없는 베스트셀러가 되었습니다.

화재가 일어나는 상황도, 화재에 대처하는 방법도 모두 달랐습니다.

"이 책만 읽으면 우리 학교 안전 교육은 걱정이 없겠네요."

첫 독자인 교장 선생님께서 무릎을 '탁' 치며 말씀하셨습니다. 글도 그림도 어설픈 책이지만 그 어떤 책보다 탄탄한 내용에 흥미진진한 안전교육책이었습니다.

엄마! 우리 아파트는 33층이잖아요.

우리 집은 31층이고.

그러니까 우리는 **옥상**으로 올라가요.

불이야! 불이야!

불이 났어요!

살려주세요.

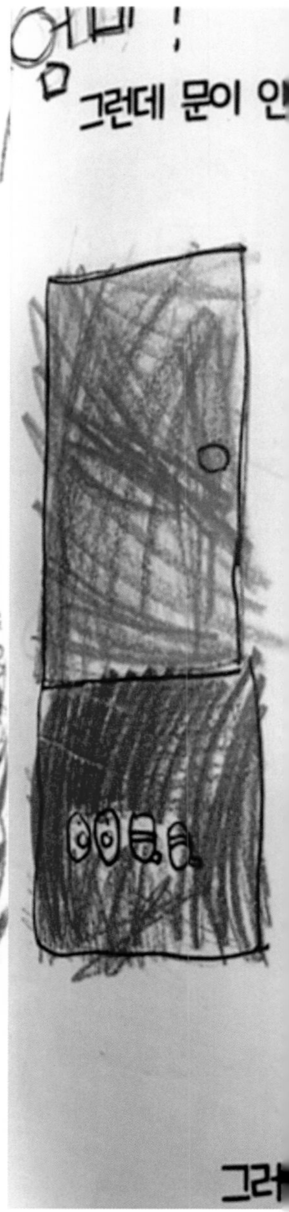

그런데 문이 안

그러

1. 옆에 있는 소화기를 잡고
2. 안전핀을 뽑고
3. 손잡이를 잡고 눌러서
불을 꺼보자!
를 타고 내려가자.

세상의 아름다운 것들 바라보기 《무엇이 떠오르나요?》

15학급의 소규모 학교다 보니 교과전담이 맡는 과목도 여러 과목입니다. 2020년, 3학년 영어 도덕, 5학년 음악, 6학년 음악 영어 수업을 하게 되었습니다.

1부. 내 안의 모든 아름다운 것들에게 《나 들여다보기》

3학년 도덕 시간, 작년 2학년 때 우리 반이었던 철수가 있습니다.

"철수야, 안녕! 선생님, 이렇게 또 보니까 너무 반갑지?"

철수, 매일 하루도 빠짐없이 갑작스러운 울음을 터뜨리던 아이였습니다.

"선생님, 저도 울고 싶지 않은데 자꾸만 눈물이 나요."

"철수야, 이제 눈물이 나려고 할 땐 행복했던 기억을 떠올려봐."

"행복했던 기억이요? 선생님, 저는 태어나서 지금까지 한 번도 행복했던 적이 없다구요. 엉엉"

고작 아홉 살, 행복한 기억이 단 한 번도 없다는 그 아이가 마음 아팠습니다.

"철수야, 오늘 기분 어때? 오늘 날씨 너무 좋지?"

"그런데요, 선생님. 저는 오늘 기분이 안 좋은데요?"

"왜?"

"친구들이 저보고 놀렸어요."

"언제? 뭐라구?"

"일곱 살 때요. 바보라고요."

과거의 기억으로 오늘을 살아가는 철수에게 지금의 행복을 찾아주고 싶었습니다.

3학년 도덕을 살펴보았습니다. 우정, 인내, 효와 우애, 시간 관리와 절약, 공익과 준법, 생명존중과 자연애를 배워야 합니다.

'이러한 도덕적 가치와 덕목을 이해하고 실천하려면 가장 먼저 무엇이 필요할까?'

바로 '나에 대한 긍정적인 인식'이 아닐까 생각했습니다. 행복이 무엇인지 모른다는 철수에게, 나에 대한 믿음이 부족한 아이들에게 자신이 얼마나 사랑스러운 존재인지를 깨닫게 해주고 싶었습니다. 우리말에서 긍정적인 뜻을 가진 형용사를 찾았습니다.

공정하다, 눈부시다, 새롭다, 멋지다, 고맙다, 궁금하다, 튼튼하다, 흐뭇하다, 든든하다, 귀엽다, 기쁘다, 괜찮다, 행복하다, 엄청나다, 따뜻하다, 당당하다, 편안하다, 용감하다, 자랑스럽다, 평화롭다, 아름답답, 활발하다, 자유롭다, 흥미롭다, 충분하다, 기대하다, 사랑스럽다, 특별하다

형용사를 프린트하여 16절 도화지에 크게 붙여주었습니다. 그리고 아이들에게 보지 않고 무작위로 단어를 뽑아보라고 하였습니다. 운명일까요? 철수가 "행복하다"를 뽑았습니다.

"자신이 뽑은 단어가 무엇인지 큰 소리로 읽어볼까요?"

운명적으로 만난 단어를 크게 읽어봅니다. 그리고 그 목소리를 듣습니다.

"그 단어를 보면 무엇이 떠오르나요? 나의 모습과 관련지어서 떠올려 볼까요? 예를 들어, 언제 내가 행복한지, 언제 내가 멋지다고 느껴지는지, 어떤 모습이 따뜻하게 느껴지는지 곰곰이 생각해봅시다."

단어를 보고 떠오르는 대로 그림을 그리고, 머릿속에 떠오른 나의 모습을 글로 적어보기로 했습니다. 사각사각사각, 연필 소리가 활기차게 들리다 멈추었습니다. 바로 철수 옆을 지나칠 때였습니다. 철수는 한참을 멍하니 흰 도화지를 바라봅니다.

"선생님, 저는 정말 행복한 적이 없다니까요."

"철수야. 어제 뭐 했니?"

"학교 마치고 엄마랑 마트에 갔다가 밥 먹었어요. 그게 다예요."

"우와 철수 어제저녁을 아주 즐겁게 보냈겠구나. 마트에 갔을 때 너의 기분이 어땠어?"

"그냥 그랬어요. 아, 그런데 엄마가 제가 갖고 싶은 레고 사주셨어요."

"진짜? 정말 행복했겠다. 철수야. 그게 행복한 거야. 어제 갖고 싶었던 레고도 사고 집에 돌아와서 가족들이랑 저녁도 먹었지? 그게 행복한 거란다."

철수에게 생각할 시간을 주어야 할 것 같아 자리를 옮겼습니다. 그런데 뒤에 있던 훈이의 연필도 움직이지 않습니다. 뭔가 심각한 표정입니다. 훈이는 우리 학교에 온 지 얼마 안 된 전학생입니다. 이전 학교에서 적응을 하지 못해 학교에 가기를 매우 싫어 한 학생이었다고 합니다. 훈이는 “따뜻하다”라는 단어를 뽑았습니다.

"저는 따뜻한 치킨만 생각나는데요." 훈이가 퉁명스럽게 말합니다.

"진짜? 아, 선생님도 갑자기 치킨 생각이 확 나네. 훈이 치킨을 좋아하는구나? 또 따뜻하다 하면 생각나는 거 없어?"

"햇빛이요. 이불이요. 그리고…. 배금지 선생님이요."

"배금지 선생님이 누구셔?"

"5살 때 어린이집 선생님이에요."

"우와, 훈이는 정말 따뜻한 사람이구나. 5살 때 선생님 성함도 기억해주고. 정말 멋지다. 배금지 선생님께서 이걸 알면 얼마나 행복하실까?"

"선생님도…. 따뜻한 사람인 거 같아요. 이렇게 말 걸어 주시는 거 보면..."

훈이가 아주 작은 목소리로 말했습니다.

"훈아, 정말 고마워. 선생님 너무 감동받았어!"

교실을 돌아다니며 아이들이 쓴 글들을 읽어보았습니다. 자존감이 높은 아이들은 단어 하나를 보고 10가지도 넘는 자신의 모습을 빼곡하게 적었습니다. 그리고 철수와 훈이의 글을 다시 보았습니다. 눈물이 핑 돌았습니다.

〈행복하다〉

김철수

마트를 갈 때
밥을 먹을 때
학교를 마쳤을 때
새로운 옷을 입을 때
엄마와 이야기할 때
학원 숙제를 끝냈을 때
유치원 다닐 때 엄마가 데리러 왔을 때
3학년 때 훈이와 친구가 되었을 때

〈따뜻하다〉

박 훈

갓 튀겨진 치킨
나를 따뜻하게 하는 햇빛
5살 때 따뜻하게 대해준 배금지 선생님

어제 체육 시간에 넘어진 친구를 일으켜 준 나
"선생님은 따뜻한 사람인 것 같아요"라고 말하는 나

그래, 철수야. 너의 세상엔 행복한 일들이 가득하단다.
그래, 훈아. 너는 누구보다도 따뜻한 사람이란다.

당당하다

달리기를 하는 내 다리
자신 있게 발표하는 내 입
새로운 친구에게 말을 거는 나
1학년 때 두발자전거를 탄 나

나를 놀리는 친구들에게
'놀리지 마'라고 말하는 당당한 나

10 이시율, 3학년, <당당하다>

튼튼하다

일자로 다리 찢기를 할 수 있는
유연한 내 다리

학교에서 우리 집까지 걸어올 수 있는
튼튼한 내 다리

아빠하고 팔씨름 대결을 하는
튼튼한 내 팔

내가 아끼는 물건을 친구에게 빌려주는
튼튼한 내 마음

《무엇이 떠오르나요》
구슬나루 북메이커스, 부크크

<튼튼하다>, 3학년, 여정현 23

2부. 세상의 모든 아름다운 것들에게 《세상 바라보기》

6학년 영어 시간입니다. 지도서를 펴고 초등영어교육의 목표를 살펴보았습니다.

학습자들의 영어 의사소통 능력을 길러주는 것과 동시에 남을 배려하고 돕는 모범적인 시민 의식과 지적 역량과 밀접한 관련이 있는 창의적 사고력을 배양하는 것을 목표로...

단순히 언어를 배우는 것이 아니라 언어를 통해 다양한 문화를 이해하는 능력과 태도를 기르는 것이 영어교육의 목표가 아닐까 하는 생각이 들었습니다.

'다름을 이해하고 받아들이며 나와 다른 사람과 진정한 소통을 하기 위해서는 '세상에 대한 긍정적인 인식'이 필요하지 않을까?'

영어에서 긍정적인 뜻을 가진 형용사를 찾았습니다.

Pretty, great, happy, good, similar, fresh, clean, adorable, glad, same, fair, confident, free, curious, gentle, successful, nice, big, fun, enough, brave, peaceful, able, all, strong, fine, active, bright, ready, new, light, kind, easy, creative, unique, beautiful, interesting, rich, proud

이번에도 형용사를 프린트하여 16절 도화지에 크게 붙여주었습니다. 그리고 아이들에게 보지 않고 무작위로 단어를 뽑아보라고 하였습니다.

"운명적으로 만난 자신의 영어단어를 알아봅시다. 네이버 사전에서 내 단어의 뜻을 찾아 적습니다. 그리고 단어를 보고 떠오르는 것을 적어봅니다. 뒷장에는 단어가 주는 느낌을 그림으로도 표현해 봅니다."

"선생님, 이게 무슨 글자에요?"

"선생님, 영수는 A, B, C, D도 몰라요."

아직 알파벳도 익히지 못한 6학년 영수는 "same"이라는 단어를 뽑았습니다.

"영수야, 같이 찾아보자. 이건 에스, 에이, 엠, 이… 자판을 자세히 보고 어디 있는지 잘 찾아봐. 그리고 어떻게 읽는지 듣고 따라 해보자."

"세….임.."

영수는 천천히, 아주 아주 천천히, same이라는 단어를 만났습니다.
아이들은 단어를 보고 떠오르는 것들을 모두 적어 내려갔습니다.

〈Pretty〉
다람쥐 같은 친구
4월에 피는 벚꽃 잎
비가 온 뒤 하늘의 무지개
아침에 일어난 고양이가 기지개를 켜는 모습
노을이 지는 하늘

〈Free〉
커피를 마시는 엄마
영화를 보는 아빠

침대에서 노는 나
강아지랑 산책하는 옆집 아주머니
아이들이랑 노는 윗집 아저씨
오늘은 공부 안 하는 아랫집 형

〈Strong〉
뿌리가 굵은 나무
우리 몸을 지탱하는 뼈
사람들이 많이 살아도 무너지지 않는 아파트
시험 잘 치라고 응원해주는 어머니
가족을 위해 무거운 짐을 지고 계신 아버지
무엇이든 할 수 있다는 용기

영어 단어 하나가 시가 되었습니다. 아이들은 단어를 통해 친구를 보았고, 가족들을 이해하였고, 이웃들과 소통하였고, 눈에 보이지 않는 추상적인 마음까지 들여다보았습니다.

책을 출판한 후 영어 시간은 늘 이렇게 시작되었습니다.

우리 서로의 생각
나와 다른 사람들의 삶
달력이 시작하는 날짜

우리가 다른 사람의 아픈 마음을 헤아릴 수 있는
따뜻한 마음

시계가 계속 돌아가는 것
그리고 우리의 시간이 흘러가는 것

우리들의 꿈을 이루는 길

"자, 무엇이 떠오르나요? 어떤 단어가 떠오르나요?"

"Same"

친구가 쓴 글을 보고 단어를 맞추어 보는 활동입니다.

"선생님, 이거 진짜 영수가 쓴 글이 맞아요?"

늘 아무것도 모르는 친구라고 생각했던 영수가 쓴 글을 보고 놀란 아이들이 일제히 쳐다봅니다. TV 화면 속 영수의 글 한 번, 영수 얼굴 한 번.

"선생님도 영수 글 보고 정말 소름 돋았어. 영수야, 너 정말 대단하다."

으쓱해진 영수의 얼굴에 웃음이 가득합니다.

1월, 어느새 초등학교 생활의 마지막이 다가왔습니다. 이제 곧 중학생이 되는 영수는 여전히 알파벳을 헷갈려 합니다.

"선생님, 저 그래도 확실히 아는 알파벳 있어요!"

"오! 좋다. 뭔데?"

"에스, 에이, 엠, 이."

영수에게도, 저에게도 평생 잊지 못할 우리의 특별한 영어단어가 생겼습니다.

same

우리 서로의 생각
나와 다른 사람들의 삶
달력이 시작하는 날짜

우리가 다른 사람의 아픈 마음을 헤아릴 수
있는 따뜻한 마음

시계가 계속 돌아가는 것
그리고 우리의 시간이 흘러가는 것

우리들의 꿈을 이루는 길

나와 너, 그리고 우리의 이야기《등굣길 동요한 곡》

하얀 도화지에 나는 그려요.
어른들이 잃어버린 아름다운 세상을

하얀 도화지에 나는 그려요.
웃으면서 남을 돕고 진심으로 사랑하는
무지개보다 더 아름다운 그런 멋진 세상을
-동요 〈아이들이 그리는 세상〉

음악의 힘은 참 큰 것 같습니다. 음악은 우리를 행복하게 하고, 때로는 상처받은 우리에게 따뜻한 위로의 말을 건네기도 합니다.

오늘은 어떤 노래가 듣고 싶나요?
나에게 힘이 되는 노래는 무엇인가요?

2020년, 코로나19로 인해 많은 것들이 변했습니다. 텅 빈 운동장, 짝이 없는 교실, 말없이 혼자 먹는 밥, 그리고 함께 부르지 못하는 노래. 2020년, 음악전담 교사가 되었습니다. 마스크로 완전무장한 5, 6학년들과 함께 하는 음악전담 교사. 목청껏 노래를 부르던 음악 시간은 어느새 고요함으로 가득 찬 시간이 되어버렸습니다. 노래와 수많은 이야기로 소통하던 시간을 잃어버린 우리의 마음의 거리도 너무나 멀게 느껴졌습니다.

비록 일주일에 두 번, 그것도 어쩌다 한 번씩 대면으로 만날 수 있는 교과 선생님이었지만 아이들에게 더 가까이 다가가고 싶었습니다. 그리고 지금 가장 힘든 시기를 겪고 있는 아이들의 마음을 들어주고 싶었습니다.

"얘들아, 우리 동요를 들어보자. 그리고 생각나는 대로 막 써보는 거야. 너희들의 이야기를 말이야."

초등학교 교과서에 나오는 동요들의 제목을 모두 종이에 적었습니다.

"지금부터 무작위로 노래를 뽑을 거야. 그 노래는 운명적인 노래가 될 거야."

아이들이 눈을 감고 노래가 적힌 제비뽑기 종이를 뽑았습니다. 그렇게 우리는 운명적으로 만난 자신의 동요를 들으며 글을 썼습니다. 아이들이 글을 쓰는 동안 내가 뽑은 동요 《아이들이 그리는 세상》을 들으며 함께 글을 썼습니다.

"진짜 선생님의 이야기에요?"

교실 앞 TV 화면 속에 쓰이고 있는 글자에 관심이 많습니다.

"그래, 선생님 초등학교 때가 떠올라서 그때 이야기를 쓰고 있어."

"선생님, 마음이 아파요."

교사의 솔직한 글을 본 아이들은 다시 자신의 글쓰기에 집중했습니다. 아이들의 글 하나하나에 진심이 담기기 시작했습니다.

노래와 글을 통해 친구들에게, 가족들에게 그리고 나에게 하고 싶은 말들을 솔직하게 털어놓았습니다. 아이들의 글을 읽으며 추억에 잠겨 웃기도 하고, 마음이 아파 눈물이 나기도 했습니다. 그러면서 어느새 힘들었던 저의 마음에 큰 위로가 되었습니다. 그렇게 우리는 서로의 마음을 너무도 잘 아는 마음 친구가 된 것 같았습니다.

이제 '그 동요'를 들으면 '그 아이'가 떠오릅니다. 그리고 노래는 더욱더 마음 깊숙이 다가옵니다.

아이들과 동요 《아이들이 그리는 세상》을 함께 들었습니다. 아이들이 그려나가는 하얀 도화지에는 무지개보다 더 아름다운 멋진 세상이 펼쳐졌으면 좋겠다 말하였습니다.

《등굣길:) 동요 한 곡》
대구옥포초등학교 5학년, 꿈과희망

비 온 날의 풍경

한혜수 작사 / 김신혜 작곡

나에게는 친구가 별로 없었다.
학교에 가던 어느 날, 갑자기 비가 내려왔다.
'앗, 차가워.'
몸은 피했지만 마음은 피하고 싶지 않았다.
아름다웠다.
'나도 빗방울이 되면 친구가 많아질까?'
교실로 들어가 용기를 내었다.
"얘들아, 같이 놀아도 돼?"

지금 내 곁에는 그때 만난 비 같은
친구가 생겼다.

비야, 고맙다.

글 · 최정우

시계

나운영 작곡

시계를 처음 배운 날
나는 그날 이후부터 시계를 보기 시작했다.
아침에 일어나서도 제일 처음 보는 건 시계였고
학교를 가려고 집을 나서기 전에도 나의 눈은 시계로 향해 있다.
'지금 몇시지?'
학교 가서도, 집에서도 나는 늘 시계를 본다.
가끔 그런 생각을 한다.
똑딱똑딱 거리며 나를 쫓아오는 시계가 힘들지는 않을까?
내가 이렇게 힘든데.

가끔은 시계가 미울 때가 있다.
똑딱똑딱 거리면서 내 일을 방해할 때이다.

시계와 나는 공통점이 있다.
나는 학교를 가느라 힘들고
시계는 늘 똑딱똑딱 거리느라 힘들다.

시계 바늘에
나의 이마에
땀을 닦아 준다.

오늘도 수고했어.

글 · 권다은

구슬비

권오순 작사 / 안병원 작곡

비가 오기 전에 달려 있던 거미줄을 징그럽다며 나뭇가지로 떼어버린 친구.

"왜 떼는 거야? 거미줄도 예쁠 때가 있어."

내가 말했다. 그러자 친구는 "거미줄이 뭐가 예쁘다고…."라며 투덜거렸다.

나는 당황했다. 자기가 보기 싫다고 떼어버리다니…

그냥 지나치면 그만인 것을…

며칠 뒤 비가 왔다. 나는 그 친구와 우산을 쓰고 밖에서 놀다가 집에 왔다.

비가 그치자 친구가 전화가 왔다.

"내가 사진 보내는 거 한번 봐봐!"

예쁜 구슬이 맺힌 거미줄이었다.

난 또 한번 당황했다.

"너 거미줄 싫다고 했었잖아."

"그러니까 말이야. 거미줄이 이렇게 예뻤어? 거미줄 완전 예쁘다!"

똑같은 거미줄인데 이렇게 다르게 대하는 친구가 이상하다.

-글 · 이지현

딱따구리

외국곡

7시와 8시 사이
노을 진 산속 깊은 곳
모두 각자 할 일을 한다.

낮잠 실컷 자고 일어나
먹이를 찾는 부엉이와 반딧불이

하루 종일 열심히 일하고
꿀잠 자는 청설모와 개미

7시와 8시 사이
전등이 켜진 도시
모두 각자 할 일을 한다.

피자 한 판 사 들고 퇴근하는 아빠
폭풍 수다로 하루를 공유하는 언니와 나

모두 각자 할 일을 한다.

-글 · 천유빈

주인공을 통해 전하는 진심 –마음을 담은 책쓰기

먼 훗날 누군가가 저에게
"아이들과 책을 계속해서 쓰게 된 특별한 이유가 있나요?"라고 묻는다면
'이것' 때문이라고 하겠습니다.

선생님, 제 이야기 아니에요.

1, 2학년 아이들과 안전한 생활 책 쓰기를 하고 있던 중에 사서 선생님께서 찾아오셨습니다.

"선생님, 이번에 도서관 운영 행사비가 많이 남았는데 어떤 행사를 하면 좋을까요?"

"교내 학생 저자축제요!"

더 많은 아이들에게 책 쓰기의 기회를 주고 싶었습니다. 책 쓰기 동아리를 맡지 못해 아무런 예산도 없었던 저에게 사서 선생님의 제안은 뜻밖의 선물 같았습니다.

5, 6학년 실과 시간, 아이들에게 물었습니다.

"혹시 책 쓰고 싶은 사람 있니? 자기만의 그림책을 만들고 싶은 사람 말이야."

14명의 아이들이 찾아왔습니다.

"너는 뭐에 대해서 쓰고 싶어? 자유롭게 써오렴. 네가 쓰고 싶은 건 뭐든지 괜찮아."

2년 전과 같이 '지도하지 않는' 글쓰기 지도가 시작되었습니다.

쉬는 시간, 점심시간, 방과 후 시간, 아이들은 글이 써지는 대로 저

를 찾아왔습니다. 그런데 그중 한 아이가 글을 써 올 때마다 이렇게 이야기하는 것이었습니다.

"선생님, 이거 제 이야기 아니고요. 그냥 '혜지'라는 주인공 이야기에요. 정말 정말 정말 제 이야기 아니에요."

절대로 글쓴이 영희의 이야기가 아닌 '혜지'의 이야기를 잠시 소개해 드리려고 합니다.

오늘도 여전한 외모

글·그림 김영희

사람들은 말 한마디로
깊숙이 박힌 못과 같은 상처를 줍니다.
상처받은 혜지의 이야기를 들어볼까요?

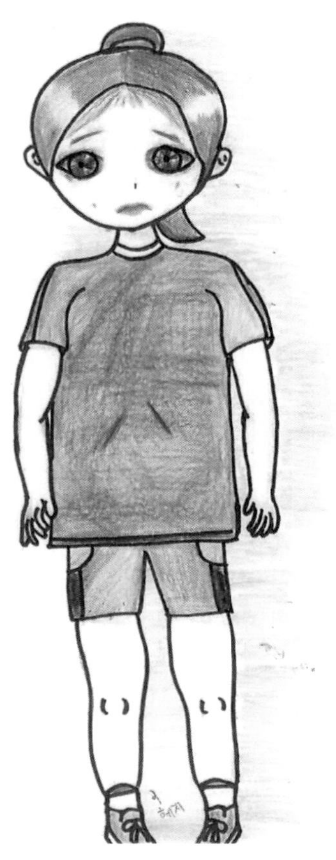

안녕하세요. 전 혜지입니다.

이름만 예쁘죠.

제 겉모습은 예쁘지 않다는 걸...

알고 있어요.

저는 그걸 느껴요.

그래서...

길을 걸을 때 항상 고개를 숙이고 다녀요

아니, 밖에 잘 나가지 않아요.

밖에 나가면 먼저 사람들의 시선이 느껴져요.

많은 사람들이 저에게 따가운 눈빛을 보내죠.

“재 너무 못생겼어.”

사람들의 시선 때문인지

전 늘 자신이 없어요.

많은 사람들의 놀림거리가 된 기분.

내 뒤에서 수군 수군 거리는 소리들.

저도 다른 사람과 같은

똑같은, 그리고 평범한 사람이에요.

사람들의 날카롭고 따가운

못 같은 말...

너무나 견디기 힘들죠.

그렇지만 저는 대꾸할 수 없었어요.

그 이유는
못생긴 외모 때문입니다.

'내가 기분 나쁘다고 하면
저 사람들은 나를 더 싫어하겠지?'

저는 어떻게 해야 할까요?

주변 사람들의 외모에 대한 평가로 고통받는 주인공 혜지는 자신이 어떻게 해야 할지 독자들에게 물어보며 이야기가 끝이 납니다.

모든 그림책 뒤에는 "옥포초등학교 친구들, 책을 읽고 어떤 생각이 들었나요? 자유롭게 적어보세요."라는 공간이 있습니다. 학교 도서관에서 책을 빌려 간 또래 독자들의 생각을 적는 공간이지요.

영희의 그림책 《오늘도 여전한 외모》에는 이런 말들이 적혀있었습니다.

"저도 그런 마음에 상처받았어요."

"마음이 찢어졌다"

"혜지야, 힘내."

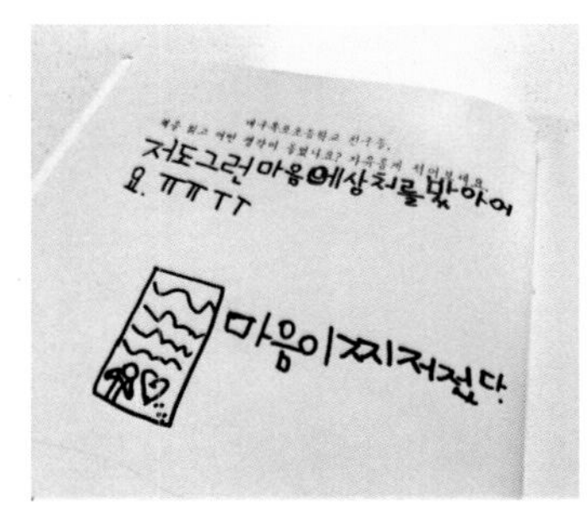

똑똑똑-

영희가 교실 문을 열고 들어왔습니다. 지금까지 본 얼굴 중에 가장 환한 얼굴로요.

"선생님, 누군지 모르겠는데 애들이 저한테 위로해줬어요."

'절대 자신의 이야기가 아니라던' 영희는 주인공 혜지가 받은 위로로 자신 또한 마음의 위로를 받은 듯했습니다.

그런 마음이었군요, 엄마 《내 마음도 모르면서》

"선생님, 저 요즘 엄마랑 매일 싸워요. 사춘기라서 그런가."

5학년 지영이는 오늘도 투덜투덜 하소연합니다.

"엄마는 정말 제 마음을 모른다니까요? 이야기가 안 통해요."

"진짜? 어떤 일이 있었어?"

"아니, 공부 엄청 열심히 하다가 잠깐 휴대폰 봤거든요. 그때 딱 엄마가 들어오는 거예요. 그거 보고 공부 안 하고 휴대폰만 한다고 엄청 혼났어요."

"속상했겠다. 그래서 어떻게 했어?"

"그냥 일기에 하고 싶은 말을 막 썼죠. 뭐, 엄마한테 말해봤자 더 혼만 날 게 뻔하니까 혼자 쓰는 비밀일기에."

"선생님도 어렸을 때 그랬었어. 아마 친구들 다 지영이 마음에 공감할걸?"

"아, 선생님. 그럼 저 엄마랑 있었던 에피소드를 책으로 써도 돼요?"

"오, 진짜 좋다."

지영이는 그동안 써온 비밀일기를 다시 읽으며 글을 쓰고 있다고 했습니다.

"선생님, 제목은 '내 마음도 모르면서'예요. 엄마가 이 책을 읽고 제 마음을 좀 알아주셨으면 좋겠어요."

"엄마, 저 오늘 학교에서 다쳤어요."

"너는 조심 좀 하지! 너는 왜 이렇게 조심성이 없어?"
'짜증 나. 나 정말 아픈데 왜 혼을 내?'

"엄마, 친구가 어제 다이어리를 샀는데 저도 너무 갖고 싶어요."
"뭐? 그런 게 꼭 필요하니? 너는 왜 이렇게 철이 없어?"
'짜증 나. 매일 사달라는 것도 아닌데 왜 혼을 내?'

"엄마, 저 이제 휴대폰 좀 봐도 돼요?"
"뭐? 또 휴대폰이야? 너는 왜 이렇게 끈기가 없어?"
'짜증 나. 온종일 숙제하다 처음 휴대폰 본 건데.'

내 마음도 모르면서...

지영이는 그동안 엄마와의 사소한 다툼들을 이야기로 적어왔습니다.

"선생님, 글 쓰다가 보니까 속이 좀 후련해졌어요."

여느 때와 같이 지영이의 글을 인쇄해 주고 삽화를 그려오라고 하였습니다.

"선생님, 그림 그리다가 뒷부분을 이어서 좀 더 썼어요. 엄마의 마음이 조금 이해가 되더라고요. 저를 사랑하는 마음에서 그러시는 거겠죠?"

'내 마음도 모르면서…'라며 끝이 났던 책의 이야기가 다시 이어졌습니다. 처음 그 장면이 또다시 등장합니다.

"엄마, 저 오늘 학교에서 다쳤어요."

"너는 조심 좀 하지! 너는 왜 이렇게 조심성이 없어?"

'짜증 나. 나 정말 아픈데 왜 혼을 내?'

'우리 지영이 다쳐서 어떡하지?

저렇게 다칠 동안 지켜주지 못해서 너무 마음이 아프구나. 미안해, 우리 딸.

"엄마, 친구가 어제 다이어리를 샀는데 저도 너무 갖고 싶어요."

"뭐? 그런 게 꼭 필요하니? 너는 왜 이렇게 철이 없어?"

'짜증 나. 매일 사달라는 것도 아닌데 왜 혼을 내?'

'이번 달 생활비가 100만 원인데 애들 4명 학원비 내면 90만 원…

우리 딸 저렇게 사고 싶은 것 하나 못 사줘서 너무 마음이 아프구나.

미안해, 우리 딸.'

지영이는 글을 쓰고, 그림을 그렸습니다. 그리고 엄마의 마음을 이해하였습니다. 글을 통해 철이 없던 나와 화해하였습니다.

책을 쓴다는 것이 단순히 재미있는 이야기를 지어내는 것이 아니었습니다.

내가 정말 하고 싶었던 말이지만 말로는 하지 못했던 마음을 주인공을 통해서 전할 수 있구나, 글쓰기가 마음을 전달하는 '메신저'가 될 수 있겠구나 하는 생각이 들었습니다.

'내 이야기가 아니라' 주인공의 이야기이기 때문에 더 솔직하게 말할 수 있지 않았을까요?

너는 뭐에 관심이 있어? –내가 쓰고 싶은 책 쓰기

책을 쓰고 싶다고 찾아온 아이들 중에는 정말 재미있는 이야기를 잘 쓰는 아이들도 있지만 아무리 생각해봐도 이야기가 떠오르지 않는다는 아이들이 있었습니다.

"선생님, 저 도대체 뭘 써야 될지를 모르겠어요. 뭐, 사자 이야기라도 써 볼까요?"

"잘 생각해봐. 네가 하고 싶은 이야기가 분명 있을 거야."

아이들을 돌려보낸 후 문득 《방구석 미술관》이라는 책이 떠올랐습니다.

《방구석 미술관》은 미술 분야의 1위, 베스트셀러입니다. 이 책의 작가는 미술을 전공한 것도, 국어국문학과를 전공한 것도 아닙니다. 경영학을 전공한 작가가 오직 미술을 사랑해서 세계 여러 나라를 여행하며 미술 작품을 보았다고 합니다. 그렇게 알게 되고 느낀 것들을 쓴 책이 《방구석 미술관》이었습니다. 글을 읽다 보면 작가가 얼마나 신이 나서 이야기하는지 작가의 미술에 대한 사랑이 고스란히 느껴집니다.

《방구석 미술관》, 조원재, 블랙피쉬

'아, 책이라는 게 꼭 소설, 동화만 있는 것이 아니었지.'

'꼭 국어국문학과를 나오거나 문장을 멋있게 쓰는 사람만이 작가가 되는 게 아니었구나.'

'무언가를 전공해야만 글을 쓸 수 있는 것이 아니구나.'

하는 생각이 들었습니다.

도대체가 글을 쓸 게 없다는 아이들에게 묻기 시작했습니다.

"너는 지금 무엇에 관심이 있니?"

"너는 뭐 하는 걸 제일 좋아하니?"

나를 따라해봐 《나만의 다이어리 꾸미기》

"선생님, 저는 3학년 때부터 다이어리 꾸미기를 좋아했어요."

5학년 서영이가 3년 동안 써온 자신의 비밀 다이어리를 보여주며 자랑했습니다.

"너무 예쁘죠? 선생님도 인스나 마테 드릴까요?"

"인스? 마테? 그게 뭔데?"

"아이참, 인쇄스티커랑 마스킹 테이프요."

저에게는 생소한 단어였지만 초등학생들 사이에서는 흔히 쓰이는 유행어였습니다.

"선생님, 서영이 다이어리 보셨어요? 진짜 잘 꾸미죠? 저는 그렇게 하려고 해도 잘 못 해요."

친구들은 서영이에게 다이어리를 자주 보여달라고 한다 했습니다.

서영이가 쓴 다이어리를 보고 펜이나 스티커를 따라 사기도 한다면서요.

"아! 서영아, 그럼 이건 어때? 다이어리를 어떻게 꾸미는지 알려주는 책! 다이어리 꾸미기(아이들은 이를 줄여 '다꾸'라고 하였습니다.) 초보자들을 위한 책!"

"좋아요. 그럼 다이어리에는 뭘 쓰는지, 어떻게 꾸미는지, 다꾸에 필요한 문구류 같은 걸 소개할래요."

다음날 서영이는 자신의 다이어리 중 예시로 보여주고 싶은 부분에 포스트잇을 붙여 왔습니다. 그 부분을 스캔하여 책의 한 페이지에 넣어주었고 서영이는 다이어리 꾸미는 방법을 소개하는 글을 써왔습니다.

"선생님, 책 제목 《나의 성장을 담은 나만의 다이어리 꾸미기》 어때요?"

다음 해 맡은 2학년 우리 반 교실에 여자아이들이 모여 앉아 신나게 이야기를 하고 있습니다.

"나 이렇게 해봤는데 어때? 처음이라서 좀 어렵더라."

"나는 어제 노란색 마테 샀어. 이거 봐봐. 예쁘지?"

아이들이 함께 보고 있던 것은 서영이의 책이었습니다.

"선생님, 저희도 이 언니처럼 다이어리 예쁘게 꾸미고 싶어요!"

서영이는 아마 몰랐을 겁니다. 이렇게 열렬한 독자 팬들이 있는 줄은.

선생님, 거기 가보셨어요? 《우리 동네 한 바퀴》

6학년 주원이는 오늘도 2학년 교실에 내려왔습니다.

"선생님, 거기 가보셨어요?"

"어디?"

"수목원 근처에 있는 동이 식당이요!"

"거기가 어딘데?"

"거기 고등어 정식 파는 곳이거든요? 그런데 거기 고등어구이가 진짜 최고예요. 하얀 살이 보들보들한데 크기도 얼마나 큰지 고등어 한 마리만 먹어도 배가 빵빵해진다니까요. 나머지 반찬도 얼마나 많게요. 많기만 한 게 아니라 반찬 하나하나가 간이 딱 맞아요. 저는 거기서 무조건 밥 두 그릇 먹어요. 선생님 진짜 거기 꼭 가보세요."

"주원아, 오늘도 먹는 얘기야? 맛집 추천해줘서 고맙다, 고마워."

초등계 이영자가 아닐 수 없습니다.
그런데 이상합니다. 주원이만 왔다 가면 배가 고파집니다.
'동이식당… 고등어구이… 하얀 살…'
군침이 돌기 시작했습니다.
다음 날,
돈까스 집을 추천해주러 온 주원이에게 말했습니다.

"주원아. 선생님이랑 달성군 여행책 만들어보지 않을래?"

"여행책이요?"

"그래. 너는 여기서 선생님보다 훨씬 오래 살았잖아. 네가 주변에 가볼 만 한 곳이랑 맛집을 많이 알고 있으니까 여행책 쓰기 딱 좋을 것 같은데. 선생님께 맛집 이야기하듯이 그대로 글로 써보는 거야."

주원이는 추천 관광지와 맛집 이야기로 노트를 가득 채워왔습니다. 노트에 적힌 주원이의 글씨를 보자니 또다시 《방구석 미술관》이 떠오릅니다. 조원재 작가도 이렇게 신나게 글을 썼겠지? 자신이 좋아하는 것에 대해서 글을 쓴다는 건 정말 행복한 일인 것 같았습니다.

그렇게 주원이가 글을 써오면 저는 주말에 아이와 함께 그곳에 가보았습니다. 주원이가 추천한 곳의 사진을 찍으며 책을 만들기 시작했습니다. 거의 편집이 다 끝날 무렵 주원에게 전화가 왔습니다.

"선생님, 그런데요. 저 이 책 만들면 저희 학교 원어민 선생님께도 드리고 싶은데… 가리 선생님이 이 책을 읽을 수 있으실까요?"

그날 밤 저는 주원이의 글을 번역하기 시작했습니다.

'박주원 지음, 김재선 옮김.'

이렇게 함께 쓴 우리의 첫 책은 갑작스럽게 찾아온 코로나19만 아니었다면 벌써 달성군의 홍보 책자로 많은 사람들에게 전해졌을 것입니다.

메이커교육과의 만남 《3D펜으로 놀자!》

3D펜 초보자를 위한 지침서 《3D펜으로 놀자!》의 작가 진우와 형준이는 정말 이과적인 성향을 가진 친구들이었습니다.

"선생님, 저희도 책을 쓰고 싶긴 한데요. 감성이 1도 없어요."

"너희들 학교 끝나면 뭐 해?"

"저희 상상제작소에 가죠. SW 동아리 활동하려요."

"소프트웨어 동아리? 거기서 뭐 하는데?"

"요즘 3D펜으로 만들기 해요. 그냥 뭐든 다 만들어요. 근데 그게 너무 재미있어요."

"재미있다고? 그럼 그렇게 재미있는 거 후배들도 가르쳐주자."

"어떻게요?"

"책으로! 누구든지 이 책만 보면 3D펜으로 만들기에 도전할 수 있다! 이런 느낌?"

"좋아요. 그럼 일단 단계별로 무엇을 만들면 좋을지 생각해볼게요."

3D펜 사용법부터 자신이 도안을 디자인하여 입체적으로 만드는 액자까지.

진우와 형준이는 난이도별로 챕터를 나누어 왔습니다. 그리고 매일 수업이 끝나면 우리 반 교실로 와서 3D펜으로 직접 물건을 만드는 영상을 찍었습니다. 그리고 그 영상 중에 설명하고 싶은 부분을 캡처하고 설명하는 글을 적어왔습니다.

"선생님, 어차피 동영상 찍었으니까 책을 읽어도 이해가 잘 되지 않는 친구들을 위해서 챕터별로 동영상 QR코드를 넣는 건 어때요?"

메이킹, 글쓰기, 영상 제작까지. 책을 쓰는 일련의 과정들이 진정한 Novel Engineering이었습니다.

(Novel Engineering: An integrated Approach to Teaching Engineering and Literacy)

진로교육과 책쓰기

"진로 교육과 연계해서 책 쓰기를 할 수 있는 방법이 궁금합니다."

책 쓰기 연수 중 선생님들께 많이 받았던 질문입니다.

《나만의 다이어리 꾸미기》를 쓴 작가 박서영은 훗날 예쁜 다이어리를 만드는 문구 디자이너가 될지도 모릅니다. 《우리 동네 한 바퀴》를 쓴 작가 김주원은 세계를 돌아다니며 글을 쓰는 여행작가가 될 수도, 맛있는 음식을 맛깔나게 평가하는 맛 칼럼니스트가 되어 있을지도 모릅니다. 세계적으로 유명한 메이커가 된 《3D펜으로 놀자》의 작가 석진우, 도형준의 모습을 상상해봅니다.

자신이 좋아하는 것이 무엇인지 알고, 그 무언가에 대해 책을 써가는 과정.

이 자체가 진로 교육의 시작이 아닐까 합니다.

"너의 장래 희망이 뭐니?"라는 말 대신

"너는 무엇에 관심이 있니? 무엇을 하는 걸 좋아하니?

우리 '그것'에 대해서 책을 써보지 않을래?"

라고 이야기해주세요.

열세 살, 작가가 되다 –작가 김지연의 성장 이야기

학급형이 아니라 책을 쓰고 싶어 하는 친구들을 모아 동아리로 운영하다 보니 3년 동안 책을 쓰게 되는 친구가 있었습니다.

김지연이라는 학생은 다문화 가정 이야기 《아빠가 부끄러워?》, 독도에 사는 동물 이야기 《독도에 사는 어느 소녀의 이야기》, 유기견 이야기 《달달한 시작, 냉정한 마지막》, 총 3권의 책을 쓴 작가입니다. 책의 제목을 나열해보니 지연이는 늘 사회적인 문제에 대해 관심이 많은 아이였던 것 같습니다.

《아빠가 부끄러워?》라는 책은 지연이가 3학년 때 처음 쓴 책입니다. 다문화 가정에서 살고 있는 사촌 동생을 떠올리며 다문화 가정 친구들에게 행복을 전해주고 싶어 쓴 이야기라 하였습니다. 그런데 이때 지연이의 이야기는 다문화 주간에 함께 보았던 영상의 내용과 많이 닮아 있었습니다. 비록 패러디에 가까운 글이었지만 처음으로 자신의 문장이, 자신의 그림이 책이 되었다는 것에 의미가 있는 책이었습니다.

5학년이 된 지연이에게 "무엇에 대해서 쓰고 싶어?"라고 물었더니 독도에 대해서 쓰고 싶다고 했습니다.

"독도에 대해서 설명하는 글?"

"아니요. 그림책이요."

"독도에 대해서 지연이가 알고 있는 게 뭔지 이야기해보자."

"선생님, 사실 독도에 관심은 있는데 잘 몰라요."

지연이를 데리고 학교 도서관으로 갔습니다. 독도에 사는 동물도감, 독도에 전해 내려오는 이야기책, 독도 역사책 등 독도에 관한 책들을 빌렸습니다. 책을 읽으며 독도에서 멸종된 동물인 강치 이야기와, 지금 독도에 살고 있는 여러 동식물들을 알게 되었다고 했습니다. 지연이는 이제 진짜 자기만의 이야기로 문장을 쓰기 시작했습니다. 어느 날 독도에 떨어진 한 소녀가 괭이갈매기와 슴새를 만나 독도의 아픔에 대해 이야기하는 그림책이었습니다. 다른 사람이 쓴 이야기를 패러디하던 지연이는 어떤 대상에 대해 깊이 있게 조사하고, 그것을 바탕으로 이야기를 쓰게 되면서 진짜 '작가'가 되어가는 느낌이 든다고 했습니다.

지연이는 6학년이 되자 무엇에 대해 쓰고 싶냐고 물어보기도 전에 글감이 떠오르면 우리 교실로 찾아와 자신의 생각을 말하곤 했습니다.

"네가 쓰고 싶은 대로 써봐. 무엇이든."

"유기견에 대한 책을 쓸래요."

지연이는 이제 혼자서 도서관으로 가 유기견에 대한 책을 읽기도 하고 인터넷으로 뉴스를 찾아보며 자료를 스크랩하기도 했습니다.

"선생님, 사람들의 입장에서 유기견을 바라보는 이야기는 많은데 유기견의 입장은 들어볼 수가 없었어요."

지연이는 주인공이 강아지를 잃어버리게 되는 과정을 그린 처음의 이야기를 유기견의 관점에서 다시 쓰고 싶다고 했습니다. 자신이 쓴 글을 다시 읽어보고, 고쳐 쓰고, 고친 글을 다시 읽고, 또 고치는 퇴고의 과정을 반복하며 6학년 지연이는 작가가 되었습니다.

작가 프로필 사진 속 지연이는 참 많이 컸습니다. 책 속 지연이의 문장은 참 많이 다듬어졌습니다. 이야기 속 지연이의 내면은 참 많이 깊어졌습니다.

이렇게 한 아이가 3년 동안 쓴 세 권의 책은 그 아이의 성장 과정을 고스란히 담고 있었습니다.

《달달한 시작 냉정한 마지막》, 6학년, 김지연

선생님, 저 언니 알아요!
-우리 학교 스타 만들어주기

책을 만들고 나면 그 책은 바코드를 달고 도서관에 진열됩니다.

"이달의 추천 도서"

교내 학생 저자 책 축제를 열었습니다. 일주일 동안 도서관에는 아이들이 쓴 책이 전시됩니다. 매일 아침 활동 시간, 책을 쓴 저자들이 도서관에 방문한 친구들에게 자신의 책을 소개합니다. 작가의 의도와 책을 출판하게 된 과정 등을 독자들과 나눕니다. 아이들은 친구가 쓴 책에 정말 관심이 많습니다. 도서관은 우리 학교 학생 저자의 책을 보러 오는 아이들로 북적였습니다. 교장 선생님, 교감 선생님께서도 매일 아침 도서관에 오셨습니다. 책을 읽고 있는 독자들과 책을 쓴 저자들에게 다가가 책 이야기를 함께 나누셨습니다.

"교장 선생님, 혹시 아이들 책에 한마디씩만 부탁드려도 될까요?"

30권이 넘는 책을 들고 교장실로 찾아갔습니다.

"그럼요. 영광입니다."

교장 선생님께서는 한 권 한 권 진심을 담아 첫 독자로서의 소감을 적어주셨습니다.

"선생님, 책을 쓴 아이들에게 등단증을 만들어줍시다."

〈등단증〉

제 2 학년 2 반 김철수

위 학생은 2학년의 천진난만하고 순수한 마음을 나타낸 시집 '우리 시집에 놀러 올래?'를 출간하였기에 대구OO초등학교의 멋진 시인임을 칭찬합니다.

아이들은 우리 학교에서 스타가 되었습니다.

급식을 먹고 잔뜩 흥분한 우리 반 아이가 교실로 들어왔습니다.

"선생님, 선생님! 저 그 언니 봤어요! 《내 마음도 모르면서》 쓴 그 작가 언니 말이에요!"

아이들은 마치 연예인을 본 듯 자랑스러워했습니다.

누군가에게 인정받는 느낌 그리고 지지받는 느낌.

이것이 책을 쓴 아이들이 내년에 또 책을 쓰고 싶게 하고, 또 그것을 옆에서 지켜본 다른 아이들이 '나도 책을 한번 써보고 싶다'고 생각하게 한 원동력이었을 것입니다.

Epilogue

책쓰기를 놓을 수 없는 이유

4년 동안 150명의 아이들과 40권이 넘는 책을 썼습니다. 책을 만들 때마다 밤을 꼬박 새우고 학교에 출근하는 날이 많았습니다.
체력적으로 한계에 부딪힐 때면 옆 반 선생님께 투덜거리곤 했습니다.
"선생님, 저 내년에는 정말 다시는 책 쓰기 안 하려고요."
그러면 선생님은 꼭 이렇게 말씀하셨습니다.
"아니요. 선생님은 내년에도 또 이걸 하고 있을 거예요."
"왜요?"
"선생님은 아이들 책을 만들 때 가장 행복해 보이거든요."

저에게는 다섯 살이 된 딸, 예진이가 있습니다. 예진이가 말을 하기 시작했을 때부터 저는 아이가 한 말을 모아 개인 소장용 시집을 만들었습니다.
이런 생각이 들었습니다.
"글은 곧 그 아이다."
사진이 다 말해줄 수 없는 그때의 그 아이.
"그때의 관심사, 그때의 마음이 모두 담긴 것이 글이구나."

한 달을 꼬박 밤을 새워 책을 만든 것은 '그때 그 아이'의 글을 빛나게 해주고 싶었기 때문입니다.

첫해 아이들과 무작정 쓴 7권의 그림책은 아이들의 재능을 발견할 수 있게 해주었습니다. 이듬해엔 아이들과 무작정 책 쓰기를 통해 아이들의 마음을 들을 수 있었습니다. 그리고 이제는 아이들의 책을 통해 저의 마음이 위로받습니다.

지금까지 무작정 책 쓰기를 통해 아이들과 진짜 행복을 찾은 교사 김재선의 성장 이야기였습니다.

행복을 찾고 있는 너에게